情意诗画
神州行

石峰 著

中国经济出版社
CHINA ECONOMIC PUBLISHING HOUSE
·北京·

图书在版编目（CIP）数据

诗情画意神州行 / 石峰著 . —北京：中国经济出版社，2024.6

ISBN 978–7–5136–7774–5

Ⅰ. ①诗… Ⅱ. ①石… Ⅲ. ①诗词–作品集–中国–当代 Ⅳ. ① I227

中国国家版本馆 CIP 数据核字（2024）第 101986 号

责任编辑　孙月霞　庄嘉翠
责任印制　马小宾
封面设计　卡古鸟设计

出版发行　中国经济出版社
印　刷　者　北京鑫益晖印刷有限公司
经　销　者　各地新华书店
开　　　本　710mm×1000mm　1/16
印　　　张　14
字　　　数　120 千字
版　　　次　2024 年 8 月第 1 版
印　　　次　2024 年 8 月第 1 次
定　　　价　88.00 元
广告经营许可证　京西工商广字第 8179 号

中国经济出版社 网址 www.economyph.com 社址 北京市东城区安定门外大街 58 号 邮编 100011
本版图书如存在印装质量问题，请与本社销售中心联系调换（联系电话：010–57512564）

版权所有　盗版必究（举报电话：010–57512600）
国家版权局反盗版举报中心（举报电话：12390）　服务热线：010–57512564

序
PREFACE

"会当凌绝顶,一览众山小"的诗句激发了我们对五岳之尊——泰山的向往、敬仰与铭记。"黄河之水天上来,奔流到海不复回"的诗句,描绘出黄河奔腾不息的豪迈气势。"桂林山水甲天下"把桂林山水的美丽绝伦描绘得淋漓尽致,激发了人们对桂林山水的向往。山美水美景美,再加上诗的描绘,才是沁入心灵的美,才是自然美与感知美有机融合的和谐之美,通灵之美。

《诗情画意神州行》如同其书名的含义,引导我们通过诗的语言游遍祖国的美丽山川,可以说是一本诗词版的全国导游图。该诗集对祖国的大好河山、地理地貌、名胜古迹以及人文历史等,用诗词的语言加以生动形象地描绘。读者可以用朗朗上口的韵律去欣赏山川美景;简练押韵的诗句可以增强对风景名胜的回味与铭记;甚至还能起到对山河美景、人文历史的渲染传播作用。本书的附录部分,优选了作者欣赏祖国山河美景的部分诗词,使赞美伟大祖国壮丽山河的诗篇更加充实。

该书作者石峰先生长期在央企从事人力资源管理、工会及思想政治工作,退出工作岗位后,还热心致力于关心下一代工作。石峰先生爱好诗词文学,在《中华诗词》等多家报刊发表诗词100余首。

我们要认真学习贯彻习近平文化思想,按照着力赓续中华文脉、推动中华优秀传统文化创造性转化和创新性发展的要求，增强文化自信。建设社会主义文化强国，必须立德树人，以文化人。诗词是中华文化宝库中一颗璀璨的明珠。用诗词的语言描写山川美景，是渲染传播祖国美丽山河的有效形式。古人云："读万卷书，行万里路。"《诗情画意神州行》引导我们用诗词的语言欣赏祖国的山川美景。该诗集力求为爱好诗词、喜欢旅游的朋友们提供简练上口的旅游观光诗文，也为爱好地理自然、人文历史的广大青少年朋友提供具有诗意的参考读本，同时激发我们对祖国山河的热爱。《诗情画意神州行》的出版也为祖国75周年华诞献礼。

书中有些朗朗上口且具有代表性、有概括性、有特色的诗句，对于有关城市、景观等，还会起到渲染传播作用。如山东篇中"文圣武圣诞生地，齐国鲁国名古国""一山一水一圣人，泰山黄河孔圣者"。如描写济南的"四面荷花三面柳，一城山色半城湖"。如陕西篇中"炎帝黄帝诞生此，华夏文明发祥地""秦汉隋唐十三朝，大汉盛唐彰国力""黄河之水天上来，壶口天险飞瀑布。势不可当奔腾急，中华民族精神聚"。如四川篇中"天下山水在于蜀，天府之国沃千里"。如甘肃篇中"西出阳关无故人，今日阳关朝夕返"。如云南篇中"玉龙雪山耸神奇，丽江古城水为魂。雪山古城相辉映，山立城依和谐存""苍山洱海绝搭配，大理拍照最宜人""白云甘露鲜花丽，红土春城草木长"。如河南篇中"天地之中为中原，中原中心在嵩山""一线瀑布似天梯，峡谷涛声红石峪"……这里不再赘述。

愿《诗情画意神州行》成为您欣赏祖国山川美景的诗词伴侣。

全国政协常委、中国作家协会副主席

目录
CONTENTS

01　山东篇 / 01

02　上海篇 / 04

03　江苏篇 / 08

04　浙江篇 / 12

05　安徽篇 / 16

06　江西篇 / 20

07　黑龙江篇 / 24

08　吉林篇 / 28

09　辽宁篇 / 32

10　北京篇 / 36

11　天津篇 / 41

12　河北篇 / 45

13　山西篇 / 49

14　内蒙古篇 / 52

15　河南篇 / 56

16　湖北篇 / 60

17　湖南篇 / 64

18　福建篇 / 68

19　台湾篇 / 72

20　广东篇 / 76

21　香港篇 / 80

22　澳门篇 / 84

23　海南篇 / 88

24　广西篇 / 92

25　重庆篇 / 96

26　四川篇 / 100

27 贵州篇 / 104

28 云南篇 / 108

29 西藏篇 / 112

30 陕西篇 / 116

31 宁夏篇 / 120

32 甘肃篇 / 124

33 青海篇 / 128

34 新疆篇 / 132

附录　/ 137

白露 / 138

野菜花 / 138

杏花（一）/ 139

杏花（二）/ 139

麦收即事 / 140

造访三清山 / 141

早春小草 / 142

早春赞迎春花 / 142

游国家植物园 / 143

东营植物园观牡丹 / 143

秋游白洋淀 / 144

银杏林 / 144

孟冬月季 / 145

海蚀石 / 145

秋色广利河 / 146

雪霁东营 / 147

三亚凤凰岛 / 147

红石峡 / 148

乘高铁 / 148

秋游 / 149

金湾海滩 / 149

青城山 / 150

北戴河 / 151

春游中山公园 / 152

霁后秋朗 / 152

广州新观 / 153

鹧鸪天·童翁同游戏 / 154

庭园月季 / 154

洛阳牡丹（一）/ 155

洛阳 / 156

洛阳牡丹（二）/ 156

雨后 / 157

咏槐 / 158

山海关 / 159

蒲公英 / 159

武隆仙女山 / 160

雨中乌江画廊 / 160

观重庆两江夜景 / 161

目录

深秋咏月季 / 162

春景 / 162

初春 / 163

初夏庭园 / 163

海上日出 / 164

仲春 / 165

周日春游 / 165

谷雨 / 166

雷雨 / 167

岳麓书院 / 168

霁后晴晨 / 168

西江月·戏雪 / 169

烟台山 / 170

机上观云海 / 171

燕雀聚会 / 172

夜雪 / 172

春色（一）/ 173

春色（二）/ 173

玉兰花 / 174

初冬黄河口 / 174

上庐山 / 175

清风湖掠影 / 175

粉色花带 / 176

学放风筝 / 176

西柏坡 / 177

濮阳石油城 / 178

麦收时节 / 178

游利津凤凰城滨河休闲
　旅游区 / 179

咏牡丹 / 179

赞牡丹 / 180

旅乘高铁 / 180

咏海棠花 / 181

海棠花溪 / 181

小麦 / 182

写在早春 / 182

漫步赏广利河夜景 / 183

博鳌金湾 / 183

迎春花赞 / 184

观黄河三角洲湿地潮汐树
　有感 / 184

观荷园 / 185

秋赏荷园 / 185

红滩湿地 / 186

仲夏东营 / 186

黄河三角洲 / 187

晚霞如画 / 187

新游天津 / 188

成都 / 189

赏雪 / 190

咏雪 / 190

雪霜后晨见地上冰花纹 / 191

早春 / 191

云台山天瀑 / 192

仲春雁归 / 192

壬寅春节 / 193

博鳌玉带滩 / 194

明月湖秋色 / 194

荣成 / 195

蓬莱 / 196

观清明上河园 / 197

《航拍中国》观后 / 198

文昌 / 199

雨后见绿林 / 200

秋游西湖 / 201

南岭村老街长巷 / 202

观通州城市副中心 / 203

忆夏夜 / 203

咏玉兰（一）/ 204

咏玉兰（二）/ 204

春日庭园 / 205

天坛 / 206

香山 / 207

春游景山 / 208

游朝阳公园 / 209

中国尊大厦 / 209

京城春景 / 210

京城春节 / 211

庐山春游 / 212

杜甫草堂 / 213

婺源 / 214

后记 / 215

山东篇

五岳独尊　黄河入海

滔滔黄河东入海，巍巍泰山冲天河。
文圣武圣诞生地，齐国鲁国名古国。
齐鲁大地处华东，山川秀丽贤达多。
一山一水一圣人，泰山黄河孔圣者。
勇立潮头扬帆远，古老文明今富博。
崂山秀美黄海碧，渔村百年成名城。
红瓦绿树城底色，八大关美别墅名。
八大浴场海水澡，帆船之都弄海行。
青岛啤酒醉盛夏，品牌之都岛城响。
跨海大桥胶州湾，上合示范更开放。
齐国古都在临淄，淄博陶瓷销四方。
蓬莱仙境海蜃楼，八仙过海长岛越。
烟台大港运输忙，汽车樱桃红苹果。

齐国盐田今犹在，寿光蔬菜销全国。
金色麦浪粮丰产，山东农业夺桂冠。
五岳独尊泰山重，名君封禅祈平安。
绝顶一览众山小，云海日出赏奇观。
泰山嵯峨夏云在，遥望齐州九点烟。
曲阜孔子诞生地，孔府孔林孔庙祭。
至圣先师誉天下，儒学核心讲仁礼。
渤海之眼高又圆，潍坊风筝世界展。
荣成天鹅栖息地，山东半岛最东端。
威海湾内刘公岛，甲午海战悲壮传。
黄海渤海界分明，渔灯贴福祈安祥。
台庄古城运河长，抗日大捷威名扬。
沂蒙山水好风光，菏泽牡丹富贵香。
微山湖上土琵琶，今日万顷碧荷塘。
临清宝塔古运河，东昌古城湖水漾。
七十二泉济南城，家家泉水户垂杨。
趵突天下第一泉，平地涌出白玉壶。
大明湖上有诗意，清照误入藕花处。
四面荷花三面柳，一城山色半城湖。
胜利石油滚滚流，新兴东营蒸日上。
黄河携沙造新地，河口湿地沃又广。
碱蓬红毯芦花浪，候鸟迁徙路径长。
河海交汇何壮观，日出东方齐鲁强！

山东篇

济南大明湖全景图

泰山观日出图

曲阜孔府图

黄河入海口图

03

上海篇

两岸璀璨夜　万舶济沧海

大江东去奔海洋，国际都市平地起。
位于中国华东部，一百余载创奇迹。
金融航运世中心，祖国第一大城市。
黄金水道通神州，拥抱大海连国际。
苏州河水白渡桥，黄浦江流贯淞沪。
浦江水流吴淞口，万里长江大海入。
上海开埠通口岸，开发浦江外滩涂。
西式建筑岸林立，外滩财富曾耀目。
汇丰银行海关钟，上海率先标准时。
马路变为繁华街，南京路上有故事。
超级巨轮连造出，国内船厂前名次。
上海古镇朱家角，一千七百载历史。
龙华古寺三国始，千年香火福禄祈。
江南园林处闹市，豫园景观趣别致。
豫园灯会人如海，九曲桥走除晦气。
洋房弄堂石库门，上海风情曾标识。
中共一大会议址，新生中国号角启。

上海篇

上海外滩欧式建筑图

上海豫园图

上海陆家嘴黄浦江图

摩西会堂见证史，犹太三万避难地。
影视城里故事多，上海老街场景戏。
文化名人一条街，海派建筑多伦路。
黄金弯道陆家嘴，寸土寸金堆财富。
东方明珠电视塔，霓灯闪耀有态度。
金茂大厦似宝塔，八十八层八角固。
环球中心有风洞，市民外号起瓶器。
上海中心入云端，第一高楼东方矗。
上海发展新时代，浦东造梦新机遇。
浦江两岸璀璨夜，如梦如幻胜巴黎。
人民广场市中心，浦东新馆高科技。
童话城堡奇幻剧，儿童乐园迪士尼。
野生动物联合国，袋鼠企鹅狐獴眯。
赛车场上极速度，扬帆球赛充活力。
崇明岛上天鹅翔，候鸟越冬来栖息。
商飞基地在浦东，大型客机已问世。
东海大桥跨海长，洋山深港创纪录。
因河而兴通江海，吞吐万汇巨港都。
展望未来大梦想，拥抱世界新航出！

上海篇

上海洋山深水港区图

江苏篇

一径抱幽山　居然城市间[1]

东临黄海跨长江，湖泊众多地坦平。
皇家故土六朝都，名城多座山水青。
人杰地灵古到今，千里莺啼绿映红。
长三角域鱼米乡，经济实力列前名。
娃娃鱼形秦山岛，通岛神路海铺出。
花果山上玉女峰，水帘洞里猴王居。
欧亚大陆桥头堡，陆海转运连云港。
盐城湿地丹顶鹤，如皋自古长寿乡。
长江入海圆陀角，大江造地启东疆。
金鸡湖上紫氤阁，翡翠项链城濠河。
古代镇江长江口，水漫金山法海斗。
宜兴紫砂名天下，溱湖湿地生态游。
浩渺太湖水如天，鼋头渚上樱花丽。
太湖美啊太湖水，廊桥水寨拍影视。
苏州东方威尼斯，姑苏城外寒山寺。
天人合一古园林，小桥廊道狮林石。

---

[1] 引自宋·苏舜钦《沧浪亭》。

江苏篇

太湖图
苏州园林图

南京中山陵航拍图

南京长江大桥全景图

京剧唱响沙家浜，阳澄湖蟹美名扬。
小桥流水乡人家，经典古镇在周庄。
婉转优雅牡丹亭，百戏之祖昆山腔。
运河之城扬州市，瘦西湖上楼桥望。
二十四桥明月夜，兴化垛田水上浮。
淮河运河立交汇，枢纽工程分水路。
帝王之乡为徐州，汉兵马俑楚王墓。
六朝古都金陵邑，皇家园林玄武湖。
宏大孝陵神道阔，梅花山上品种多。
警钟常卧中山陵，革命先驱唤中国。
绿宝项链美龄宫，音乐台前消夏乐。
山围故国周遭在，历尽沧桑石头城。
规模宏大中华门，明代城垣有四重。
夜泊秦淮近酒家，火树银花彩灯明。
古代学府夫子庙，六朝金粉今繁荣。
大报恩寺朱棣建，美轮美奂琉璃塔。
水韵江苏大剧院，荷叶水滴造型佳。
长江大桥当年造，国人首建世人夸。
如今江苏长江上，各式大桥横江跨。
川流不息长江水，活力江苏耀中华。

浙江篇

楼观沧海日　门对浙江潮 [1]

　　吴越之地山水秀，海岛繁星海岸长。
　　钟灵毓秀人精明，物华天宝鱼米乡。
　　祖国沿海东南部，之江贯穿汇钱塘。
　　跨海大桥杭州湾，海天一洲可眺望。
　　舟山堪称大群岛，一千三百岛屿广。
　　观音菩萨面东海，普陀山上香火旺。
　　港通天下阿宁波，舟山深水大良港。
　　石浦三千船竞发，渔光电影拍摄场。
　　台州城墙雄伟立，抗倭名将戚继光。
　　浙南天柱石桅岩，海上名山为雁荡。
　　江流曲折贯全省，省名由此称浙江。
　　一江蜿蜒三名目，新安富春钱塘入。
　　新安水库千岛湖，碧波万顷飞白鹭。
　　春山偏爱富春多，传奇富春山居图。
　　千里波涛滚滚来，钱塘大潮壮观赏。
　　一线波涌齐步走，忽见万马奔腾扬。

---

[1] 引自唐·宋之问《灵隐寺》。

浙江篇

普陀山观音面海图
钱塘江观大潮图

弄潮儿向涛头立，今日冲浪新时尚。
义乌商品国际城，遂昌茶田画天成。
三爿石间一线天，神斧劈石三峰冲。
钟池太极为中心，九宫八卦诸葛村。
天目山上柳杉群，大树之王枯逢春。
冲积平原杭嘉湖，生态农业在南浔。
古典现代上戏台，枕水人家在乌镇。
雪窦寺里弥勒佛，笑容满面大肚身。
绍兴石桥一万座，鉴湖纤道曾牵引。
东湖桥下乌篷船，鲁迅故里书兰亭。
天姥连天向天横，梦游天姥白诗情。
石梁飞瀑画美景，天台山上诵禅经。
宏伟宝殿灵隐寺，济公手印飞来峰。
良渚文化五千载，玉器种稻古都城。
西溪湿地美如画，京杭运河枢纽通。
若把西湖比西子，淡妆浓抹总相宜。
雷峰夕照断桥雪，许仙白蛇故事凄。
山外青山楼外楼，钱江新城平地起。
古老吴越更秀丽，今日之江高科技。
浙江开启新时代，东南形胜新生机！

浙江篇

杭州西湖图

杭州钱江新城图

安徽篇

一生痴绝处　无梦到徽州[1]

长江淮河西东贯，南方北方同跨越。
地处华东长三角，江淮粮仓平原多。
黄山高耸四千仞，丹崖石柱莲花峰。
黄山奇松绝中特，云海怪石飞瀑倾。
雪压青松挺且直，风雨暑寒傲苍穹。
俯瞰险峰探幽谷，云海彩霞盼日升。
身在黄山心震撼，黄山归来不看岳。
林峰巨石花岗岩，木梨硔村云中落。
卧虎藏龙影竹林，木坑竹海遍山坡。
漫山红枫银杏黄，塔川遍野七彩香。
呈坎晒秋风景线，鸬鹚捕鱼戏为常。
皖南古村世遗产，西递宏村奇建筑。
泾县宣纸老工艺，文房四宝徽州出。
无徽不市商传奇，新安江流通商路。
黄河古道砀山梨，亳州芍药娇欲滴。
江南圩田稻金黄，江淮粮仓上百亿。

---

[1] 引自明·汤显祖《游黄山白岳不果》。

安徽篇

黄山顶青松图

皖南古村图

淮铁大桥通百载，今日高铁河上驰。
系统治淮新中国，临淮工程见奇迹。
小岗村民生死状，土地承包责任制。
黄山脚下青弋江，齐云山顶与云齐。
众岛如佛万佛湖，千古一秀采石矶。
桃花潭水深千尺，徽州古城存城池。
长江下游小孤山，引航长江安庆立。
振风灯塔四百载，唱响九州黄梅戏。
黄金水道江面阔，江海通达港口忙。
皖南门户芜湖港，马鞍山港水域广。
江豚保护大通镇，扬子鳄群喜阳光。
皖浙天路多弯道，山地行车好赛场。
李白灵山开九华，佛教名山地藏王。
天柱一峰擎日月，别称皖山古皖国。
分水之岭天堂寨，南流长江北淮河。
琅琊山上醉翁亭，天堂寨为关塞要。
省会合肥居中心，山川名胜相拥抱。
科技大学科学城，国家实验科学岛。
人造太阳国重器，量子卫星地球绕。
江淮首郡形胜地，江南江北山川娇。

安徽篇

安庆长江与振风塔图

合肥市科学岛图

19

江西篇

灵山多秀色　人杰又地灵

处在祖国东南部，三面环山北临江。
干越之地形胜区，千峰嵯峨水流长。
人杰地灵多才俊，物华天宝鱼米乡。
文章节义红色地，江西山水真吾邦。
彭蠡浩渺湖之首，庐山秀出南斗傍。
飞流直下三千尺，文人墨客诗汪洋。
登高壮观天地间，乱云飞去仍从容。
连绵山峰九十座，横看成岭侧成峰。
五老峰秀金芙蓉，避暑胜地名牯岭。
三叠鸣泉飞暮雨，第一书院白鹿洞。
庐山故事何其多，美庐别墅曾见证。
古村风情今尚存，婺源春色如仙境。
粉墙黛瓦油菜黄，篁岭晒秋妙风景。
板凳灯长人兴旺，傩舞驱怪佑神灵。
三清山上玉灵观，巨蟒出山女神圣。
铅山竹林绿如海，连四竹纸久盛名。
奇峰草甸武功山，道教炼丹张道陵。

江西篇

庐山瀑布图

江西婺源篁岭村图

三清山女神峰图

南昌滕王阁江边图

江西篇

龙虎山岩丹霞貌，绝壁悬棺飞采药。
红军壮大井冈山，星星之火燎原草。
襟三江而带五湖，水系发达江湖灏。
河湖纵横汇长江，石钟山处江弯绕。
湖中小岛落星墩，鄱阳含蕴长江水。
候鸟天堂太湖池，万只鹤鹳乐派对。
长江江豚难寻觅，鸬鹚捕鱼数千年。
千载瓷都景德镇，中国瓷器名世间。
瑞金共和国摇篮，温泉休闲明月山。
上堡梯田客家造，层层叠叠上山峦。
围屋坚固如堡垒，火烧瓦塔篝火欢。
章贡合赣贯南北，钨矿富藏在赣南。
赣江浮桥随机变，赣南脐橙脆嫩鲜。
省会南昌英雄城，八一起义军队建。
八一大桥赣江跨，八一广场何壮观。
滕王高阁赣江东，桂殿兰宫飞阁丹。
落霞与孤鹜齐飞，秋水共长天一色。
西岸新区红谷滩，高楼林立活力射。
干越之地展蓬勃，中部崛起奏凯歌。

黑龙江篇

林海雪原阔　物博粮仓丰

处在祖国最北端，亚欧陆路交通线。
森林海洋浩无际，最大粮仓丰又满。
四大江河积平原，冰雪世界童话般。
北国风光冰雪白，黑土林海绿山峦。
滑雪冬泳冰龙舟，冰雪运动妙无限。
漠河边陲北极村，夏至长昼冬极寒。
雾凇奇观库尔滨，如临仙境冰花滟。
天然雪场亚布力，滑雪如飞箭离弦。
银装素裹哈尔滨，冰雕王国上春晚。
双峰林场为雪乡，狗拉雪橇赏景点。
镜泊湖岩飞冰瀑，火山口下森林现。
二百年前火山喷，五大连池水碧潋。
连池火山十四座，药泉火山寺庙建。
冷水珍鱼呼玛河，嘉荫恐龙曾遮天。
茅兰瀑布飞流下，五彩倒映黑龙潭。
林海奇石汤旺河，五营森林火车观。
大兴安岭林如海，伊春森林可游览。

漠河北极村图

滑雪场图

镜泊湖图

大兴安岭航拍图

哈尔滨圣索菲亚大教堂图

小兴安岭红松多,山岭秋景色斑斓。
东北野虎重保护,森林之王啸震山。
三江平原北大荒,拓荒奉献精神传。
百湖之城喷石油,大庆铁人创业篇。
扎龙湿地丹顶鹤,查干湖鱼冬丰产。
边贸口岸黑河市,远东俄城河对岸。
子荣卧底威虎山,斗智斗勇成经典。
急令飞雪化春水,迎来春色换人间。
横道河子机车库,蒸汽机车史存展。
五常香米凤凰山,大小兴凯湖坝连。
黑瞎子岛两江要,抚远东方第一哨。
中东铁路为中心,东方巴黎哈尔滨。
松花江水波连波,太阳岛上景色新。
松花江上特大桥,马拉松赛强精神。
防洪胜利纪念塔,欧式建筑教堂立。
中央大街洋味足,龙塔屹立市标志。
哈市白色大剧院,乐声江畔雪峰屹。
黑龙黑水黑土地,青山白雪绿经济。
对外合作充活力,经济走廊创奇迹。

吉林篇

名山钟灵秀　二水发真源[1]

位于祖国东北域，地势东高西北低。
中国东北第一山，松花江流沃千里。
白山松水黑沃土，玉米稻谷粮基地。
一张名片东北亚，地理坐标长白山。
山脉曾是火山群，巨型火山今休眠。
一年积雪三季长，皑皑白雪覆山顶。
图们鸭绿松花江，三江发源长白岭。
东北至高白云峰，千年积雪万年松。
向往登顶火山口，碧玉天池神入眼。
白云缭绕映明镜，峻峰环绕围碧盘。
火山口湖中国最，高山湖深世罕见。
百余锥体火山群，四海龙湾靖宇县。
长白特产山人参，林下种植等十年。
朝鲜民族居延边，辣菜打糕荡秋千。
防川一眼望三国，敬信湿地雁息迁。
草原牧场科尔沁，古松辽湖葵花乐。

---

[1] 引自清·玄烨（康熙）《望祀长白山》。

吉林篇

长白山天池航拍图

向海湿地丹顶鹤，白鹤之乡莫莫格。
雾凇之都吉林市，柳枝松叶巧织梦。
松花江上驰高铁，有轨电车长春景。
东北人大党创建，今日吉大综合性。
一生皇帝到平民，溥仪伪满皇帝宫。
汽车之城今一汽，车型各种遍地行。
千件作品雕塑园，长春影都世纪城。
好太王碑古墓群，王城遗址高句丽。
森林公园净月潭，油画世界俯瞰奇。
牛拉爬犁客赏雪，松岭雪村水墨画。
拉力赛车长白山，天然雪场自由滑。
破冰捕鱼查干湖，人山人海观鱼收。
松江源头长白山，山间小村秋色秀。
如画锦江大峡谷，青山绿水松花湖。
丰满电站历史长，人民币上印图样。
轨道客车复兴号，更新更快金凤凰。
产粮大县榆树市，全国粮仓吉林强。
前郭灌区水荡漾，玉米金黄稻谷香。
松花江流弯又长，松江两岸更辉煌。
吉林大地风景异，家的味道永难忘。

长春一汽厂图

吉林查干湖捕鱼图

吉林农田丰收图

辽宁篇

胜国此雄镇　建牙开幕府[1]

位于祖国东北部，雄鸡版图咽喉处。
辽东半岛伸入海，辽西走廊接内陆。
国家工业为摇篮，誉为共和国长子。
辽阔渤海辽东湾，海上冰封茫千里。
渤海油田二十载，为国石油战海疆。
祖国东北大粮仓，北粮南运锦州港。
东北咽喉为锦州，辽沈战役此打响。
抗美援朝卫祖国，雄师跨过鸭绿江。
难忘国耻九一八，警钟长鸣祭国殇。
鞍山钢铁老基地，沈阳铁西创奇迹。
张氏帅府北陵园，沈阳故宫清登基。
沈飞曾产歼击机，民用客机今制造。
千朵莲花峰千山，千山大佛天成高。
钟乳奇峰景万千，本溪水洞见洞天。
秋日风情数本溪，满山枫叶红绚烂。
锦州港旁笔架山，潮落通岛天桥现。

---

[1] 引自清·弘历（乾隆）《宁远道中作》。

鸭绿江大桥图

本溪山林红叶图

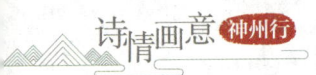

大连滨海夜景图
航空母舰驰骋图

辽宁篇

水上长城九口门,长城隧道暗通关。
建昌龙潭大峡谷,悬崖瀑布何壮观。
辽东第一凤凰山,隔江相望邻朝鲜。
碧湖飞瀑青山沟,宽甸满族风情园。
苍鹭聚集繁育忙,幼鹭学飞奔远方。
空中翻腾飞鸟浪,数万塍鹬❶齐飞翔。
鸭绿江口美味尝,体强飞越太平洋。
抚顺雷锋纪念馆,雷锋精神永发扬。
兴城古城历沧桑,闯关东人路凄凉。
扇贝生蚝获丰产,海洋牧场好风光。
长海进城乘飞机,锦州烧烤名气响。
辽河海口红海滩,碱蓬红毯芦花香。
铁岭蒸汽机车节,火车历史一幕幕。
浪漫之都今大连,滨海路旁梅花鹿。
海洋公园老虎滩,棒槌岛上好避暑。
有轨电车行百载,天空之城云上浮。
大型油轮要下水,辽宁航母骋海域。
护卫海疆演兵西,十年入列三航母。
铭记历史挺脊梁,振兴中华当自强。
承载历史与希望,长子更有大担当!

---

❶ 塍鹬(chéng yù):一种生活在湿地、滨海滩涂的群集候鸟。

北京篇

京城十二衢　飞甍各鳞次 ❶

祖国首都北京市，华北平原北区域。
东接天津邻河北，三面环山围平土。
六朝古都三千载，政治中心国家新。
气势宏大伟庄重，第一地标天安门。
天安门前大广场，城市广场世第一。
人民英雄纪念碑，广场正中巍然屹。
东面国家博物馆，西侧人民大会堂。
天安门为中轴线，左祖右社国运昌。
国家要事大庆典，旭日国旗升广场。
南永定门北钟楼，长安大街宽又广。
内城外城古都建，内城环围紫禁城。
今日故宫紫禁城，规模宏伟存完整。
太和中和保和殿，雄伟庄严显皇权。
新建国家大剧院，造型前卫现代感。
祭天祈丰大天坛，天圆地方正理念。
和珅曾居恭王府，居民胡同四合院。

---

❶ 引自南朝宋·鲍照《咏史·五都矜财雄》。

北京篇

北京天安门图

故宫中轴线全景图

天坛图

三山五园何秀丽，清朝皇家后花园。
香山秋色枫叶红，颐和园秀江南景。
万园之园圆明园，遭寇劫难国耻痛。
规模宏大十三陵，天造地设风水兴。
不到长城非好汉，雄八达岭秀慕田。
石造联拱卢沟桥，醒狮救国齐抗战。
双奥之城首北京，自信中国世界前。
风景秀丽雁栖湖，国际峰会又论坛。
环球影城新时尚，奥体鸟巢水立方。
国际枢纽双机场，大兴机场新通航。
北京商务中心区，摩天大楼遍林立。
三城一区科创兴，北大清华人才集。
通州建成副中心，中心城区疏解密。
燃灯古塔大运河，易居通州更温馨。
京津河北一体化，建成超级城市群。
数字经济兴望京，新潮时尚三里屯。
南水北调进北京，密云水库丰沛存。
综合治理环境变，碧水蓝天居宜人。
空中俯瞰大北京，高山招手河湖应。
无数梦想汇聚成，星汉灿烂耀北京。
中国北京敞胸怀，世界北京向未来！

颐和园图

北京国贸中心周边航拍图

转粟排千舰　分流纳九河[1]

位于祖国华北域，东临渤海西接京。
九河下梢汇海河，海河两岸城市兴。
京畿门户六百载，开埠通商津先行。
津门极望气蒙蒙，水连山外国无穷。
海门大桥抬升高，活力之城旭日升。
天津车站百余载，千禧之年世纪钟。
早期开埠通商口，海河两岸率繁荣。
沽上艺苑占金鳌，津门古里文化街。
海河桥梁风景线，桥型各异显风采。
船帆造型赤峰桥，光明桥上婚纱影。
耀眼明星解放桥，金阜桥上穿时空。
摩天大楼出云端，津湾广场诗画景。
解放北路欧建筑，立柱威严财富重。
万国建筑五大道，红小洋楼领风情。
民园广场体育热，市民休闲乐融融。
末代皇帝皇后退，曾在静园居住中。

---

[1] 引自清·玄烨（康熙）《天津》。

百年商厦劝业场，购物娱乐综合型。
休闲美食又浪漫，意式建筑风情浓。
南开天大校百岁，追求科学无止境。
三岔河口入海河，妈祖请进天后宫。
西开教堂天主教，雄伟壮观绿穹顶。
彩色泥塑泥人张，莲年有余杨柳青。
蓟北长城黄崖关，黄崖水关八仙洞。
天津之眼摩天轮，城市辉煌历在目。
豪华饭店利顺德，中西建筑庆王府。
淤泥滩上深水港，世界大港名前数。
红白条纹大沽灯，金色沙滩巧保护。
峰林瀑潭梨木台，五指山上有天书。
三盘暮雨入胜景，每到盘山必有诗。
尚武精神霍元甲，大沽炮台海门史。
航空母舰基辅号，海上乐园零距离。
国家海洋博物馆，造型奇特有故事。
津郊湿地七里海，东方白鹳展舞姿。
贝壳屋顶滨海站，图书馆新大眼睛。
津沽棒楼高万丈，俯瞰新区滨海城。
古老城市又年轻，砥砺前行新征程。

天津篇

海河津门大桥图

天津五大道图

天津港全景图

滨海新区津沽棒高楼图

河北篇

我行冀州路　默想古帝都[1]

处在祖国华北域，东临渤海西太行。
高原丘陵山地起，盆地沙漠平原广。
地貌齐全水系多，河流湖泊海岸长。
东北华北咽喉地，燕山横亘北屏障。
环抱京津畿辅地，燕赵雄风常激荡。
燕山长城锁咽喉，长城入海老龙头。
万里长城第一关，山海关雄绝仅有。
长城倒挂三道关，峭壁险峻防攻守。
最美长城金山岭，日出金山景独秀。
水下长城潘家口，引滦入津供水流。
清朝皇帝承德行，木兰秋猎好威风。
宫殿水乡花园全，避暑山庄皇行宫。
武术之乡沧州市，京杭运河漕运兴。
不屈之城唐山市，抗震重建英雄城。
未来之城曹妃甸，港口经济新动能。
消夏胜地北戴河，东临碣石有诗篇。

---

[1] 引自元·王冕《冀州道中》。

金山岭长城图

承德避暑山庄图

理石峰林白石山，玻璃栈道空中悬。
雄险奇幽野三坡，原始生态大观园。
桃园结义涿州城，广府古城太极拳。
巍巍太行八百里，茶山险峰勇登攀。
三面环山南临水，革命圣地西柏坡。
曾是中央所在地，战役指挥绘新国。
赤壁丹崖嶂石岩，丹霞地貌朝绚烂。
最早石拱赵州桥，风水宝地雾灵山。
赵国都城在邯郸，始祖女娲石补天。
规模宏大清东陵，慈禧陵墓遭盗翻。
保定直隶总督署，冉庄抗日地道战。
九楼四塔八大寺，正定古城红楼现。
协同发展京津冀，首都环线称七环。
千年大计建雄安，智能枢纽雄安站。
智慧城市生态城，华北明珠白洋淀。
美丽高岭塞罕坝，人工造林绿海洋。
越野胜地老掌沟，越野圈里声名扬。
崇礼滑雪天然地，冰雪运动好时尚。
奥林匹克精神扬，北京冬奥要赛场。
冬奥瞩目看崇礼，开放中国凯歌响！

雄安新区白洋淀图

河北崇礼滑雪场冬奥会比赛图

山西篇

星轩三晋躔　土乐二尧封 ❶

处在祖国华北域，山地丘陵多面积。
东太行山西黄河，汾河流域纵千里。
古代建筑遍三晋，中华文明发源地。
巍巍太行拔地突，黄土高原台阶起。
崖壁排险蜘蛛人，挂壁公路愚公志。
古老河道九曲肠，壶关峡谷深千米。
白陉古道太行山，如今公路穿山岳。
悬崖之上岳家寨，围石造田丰收乐。
五峰相倚五老峰，鹳雀楼上观黄河。
千古雄关雁门关，要塞悲壮故事多。
绵山绝壁挂祥铃，源自绵山寒食节。
太行第一八泉峡，高峡飞瀑落平湖。
尧都华门第一门，皇城相府才子出。
冰柱冰笋冰世界，万年冰洞在宁武。
黄河冰封老牛湾，河曲中元河灯点。
大河奔流泥沙卷，壶口瀑布何壮观。

---

❶ 引自唐·张说《奉和圣制过晋阳宫应制》。

太行山航拍图

平遥古城图

大同云冈石窟图

太原市汾河两岸图

山西篇

黄河蜿蜒柔美显，弧度最大石楼湾。
运城盐湖四千载，人采盐池色斑斓。
王家大院五座城，百个院落房千间。
平遥古城三千载，古代城市特征全。
大槐树下民迁移，祭祖怀乡寄思念。
大同盆地数万载，土林土柱风霜染。
云冈石窟五万尊，大小佛像空中见。
明代长城杀虎堡，见证塞外走西口。
山西煤炭遍地下，露天煤矿平朔有。
应县木塔矗千岁，工匠搭建巧结构。
北岳恒山兵争地，道教圣地景色秀。
垂挂崖壁悬空寺，奇妙匠心山中藏。
佛教圣地五台山，千年寺庙香火旺。
佛光寺里东大殿，建筑今藏唐气象。
两千余年太原城，永祚双塔立寺旁。
太原古城凤凰展，古典园林晋祠堂。
今日创建生态城，沿河公园胜景广。
低碳环保美建筑，城市地标新畅想。
人说山西好风光，地肥水美五谷香。
表里山河犹往昔，太行山高黄河长！

内蒙古篇

落日牛羊下　关塞莽然平[1]

森林草原美如画，戈壁沙漠浩瀚海。
处在中国最北端，高原地貌长塞外。
达尔滨湖原生态，兴安杜鹃花红开。
呼伦贝尔大草原，风吹草低见牛羊。
最大湖泊呼伦湖，水天一色碧波漾。
别样风情满洲里，口岸贸易繁荣忙。
蒙古民族发祥地，额尔古纳河滋养。
大兴安岭林如海，树种繁多地域广。
一目九岭观景台，半年绿波半银装。
草原冰雪那达慕，歌舞摔跤蒙马赛。
秋色斑斓科尔沁，枫树多姿叶多彩。
石城遗址三座店，双圈结构四千年。
辽朝中心赤峰市，红山文化玉龙现。
冰川造就奇石林，千层饼形花岗岩。
达里诺尔候鸟站，火山天池阿尔山。
沙漠明珠月亮湖，沙丘唱歌响沙湾。

---

[1] 引自宋·张孝祥《六州歌头·长淮望断》。

内蒙古篇

呼伦贝尔大草原图

草原冰雪那达慕图

驰骋草原蒙古马，体魄强健御雪寒。
锡林浩特火山群，二连浩特恐龙立。
元朝上都成遗址，元代皇帝此登基。
当年一座元上都，承载半部元朝史。
青色之城为呼市，香火常旺大召寺。
藏传佛教五当召，青冢拥黛昭君墓。
包钢铁轨大基地，商贸重镇包可图。
阴山岩画上万载，神秘图案至今谜。
黄河宁静老牛湾，转入峡谷奔腾急。
阴山阻挡黄河流，黄河千里写"几"字。
阴山脚下敕勒川，天似穹庐盖四野。
黄河之水灌沃土，河套平原赛南国。
乌梁素海河迹湖，鸟类栖息灵动地。
第七沙漠库布其，成功治沙创奇迹。
绿色甬道八白宫，成吉思汗陵祭祀。
叱咤风云亚非欧，一代天骄英名传。
黄河大桥乌海湖，沙漠越野阿拉善。
西夏王朝五百载，黑城遗址戈壁滩。
千年不倒胡杨林，千里戈壁逞强顽。
内蒙高原雄鹰展，塞北大地谱新篇。

内蒙古篇

元上都遗址图

黄河老牛湾图

河南篇

昔帝登封后　中原自古强[1]

位于祖国中部域，九州腹地十通衢。
中华文明发源地，三皇宋金设古都。
天地之中为中原，中原中心在嵩山。
中国功夫发祥地，嵩山北麓少林寺。
少林武功震四方，千年古寺名辉煌。
文化遗址二里头，三千余载文明扬。
都城宫殿青铜器，最早中国夏王朝。
洛阳古都四千载，灵山秀水景色妙。
最早寺院白马寺，龙门石窟佛像造。
洛阳牡丹真国色，花开富贵天香娇。
雄关要塞函谷关，东来老子此著道。
道教仙山老君山，太上老君为圣仙。
避暑胜地鸡公山，万国建筑云中园。
云台地貌峰墙出，云雾缭绕断崖间。
一线瀑布似天梯，峡谷涛声红石峪。
十万愚公战太行，人工天河红旗渠。

---

[1] 引自唐·杜牧《华清宫三十韵》。

河南篇

少林寺图
洛阳龙门石窟图
洛阳隋唐洛阳城应天门图

开封清明上河园图

郑州市郑东新区夜景图

河南篇

沙丘碱地变沃野，兰考好官焦裕禄。
水利枢纽小浪底，黄河安澜东海入。
黄河南岸开封城，北宋都城称汴京。
一幅清明上河图，展示北宋何繁荣。
千年铁塔实琉璃，开封府旁有龙亭。
东风夜放花千树，穿越古今烟花彩。
商丘古城四千载，商朝建造观星台。
芒砀山上斩蛇碑，燧皇取火故事在。
殷墟遗址商都城，重大发现甲骨文。
夯土城基车马坑，商代文物博馆存。
南水北调大工程，陶岔渠首引水通。
交通枢纽郑州市，纵横铁路此会交。
欧亚大陆已连通，国际物流大通道。
红色沃土大别山，百万儿女头颅抛。
野生茶树最北端，信阳毛尖清香飘。
南湾湖上形态异，猫爪鸡翅岛屿树。
珍稀朱鹮新安家，大别山里幼鸟育。
中原文明源流长，黄河故事咏流传。
身在河南越今昔，戏剧幻城❶演史篇。
文化气魄融血脉，中原风度奔腾前！

---

❶ 全名为"只有河南·戏剧幻城"，是中国首座全景式沉浸戏剧主题公园，位于郑州市。

湖北篇

楚塞三湘接　荆门九派通 ❶

地处祖国中部域，三面环山围千湖。
长江汉江汇武汉，沃野千里汉江出。
二十四涧水长流，七十二峰朝大顶。
道教圣地武当山，真武大帝紫金城。
华中屋脊神农架，百座山峰异地形。
远古物种今繁衍，川金丝猴抱团冬。
神秘恩施大峡谷，绝壁天坑暗河长。
屏山峡谷窄又深，擎天石柱一炷香。
水滴石穿腾龙洞，百里暗河潜山行。
深邃天空曜天眼，入得天坑见彩虹。
三国赤壁古战场，二龙争战决雌雄。
行船故事千百年，三峡人家今表演。
屈原故里秭归县，面对三峡念屈原。
滚滚长江拦腰截，三峡大坝何壮观。
防洪发电通航道，五级船闸破难题。
清江画廊八百里，文峰倒影峡江碧。

---

❶ 引自唐·王维《汉江临眺》。

武当山图

恩施大峡谷一炷香图

长江三峡大坝图

木兰故里在黄陂，天池草原木兰祠。
诸葛大名垂宇宙，隆中对策留胜迹。
荆州考古熊家冢，真车真马重价值。
辽阔水库丹江口，南水北调水源地。
兵家必争襄阳城，夜市美食休闲型。
因车而兴十堰市，名副其实汽车城。
上古传说云梦泽，仙岛湖美独特景。
洪湖红军根据地，洪湖岸边是故乡。
四处野鸭和菱藕，今日挖藕比短长。
涨渡湖边池杉林，万户鹭鸟栖巢房。
两江汇出大武汉，荆楚文化更灿烂。
九省通衢接神州，通达天下世界连。
绝佳观景黄鹤楼，黄鹤故事千载传。
万里长江第一桥，长江天堑变通途。
六大景区有气质，武汉名片美东湖。
东湖绿道世界级，武汉大学樱花树。
辛亥革命第一枪，民主共和旗帜扬。
众志成城抗新冠，英雄之城勇担当。
武汉长江灯光秀，铁架码头启航船。
万千光亮相汇聚，前行之路更温暖。

湖北篇

武汉黄鹤楼图

湖南篇

气蒸云梦泽　波撼岳阳城[1]

处在祖国中南部，三面环山丘陵突。
河网密布多江水，北连长江洞庭湖。
江湖交汇共呼吸，保供长江为第一。
引来候鸟十万只，麋鹿湿地多繁殖。
湖水连天天连水，洞庭山水美如画。
巴陵胜状洞庭湖，浩浩汤汤无际涯。
《岳阳楼记》楼上诵，忧国忧民天下怀。
怪石峭壁垂石柱，景观地貌张家界。
奇峰林立似兵阵，云雾缭绕仙气在。
成片成林成孤峰，水流风化上亿载。
翼装飞行天门山，玻璃大桥云天渡。
两岸猕猴猛洞河，悠哉渡河寻食物。
瀑布之上吊脚楼，芙蓉镇火影名来。
海底迷宫红石林，密林深处赤岩彩。
一座青山抱古城，一湾沱水绕城过。
最美古城在凤凰，边城人家故事多。

---

[1] 引自唐·孟浩然《望洞庭湖赠张丞相》。

湖南篇

岳阳楼全景图
张家界航拍图

凤凰古城全景图

湖南水稻丰收图

潇水蜿蜒深又清，萍岛潇汇湘江中。
山清水秀韶山冲，诞生伟人毛泽东。
走出大山闹革命，天安门前红旗升。
浏阳河水弯又长，民歌传唱表心声。
岳麓书院藏真经，湖南大学接传承。
楚汉名城长沙市，商业广场文化城。
老街模样北正街，杜甫江阁念诗圣。
中流击水曾少年，橘子洲头烟花鸣。
高椅岭红光滑岩，汝城巡游香火龙。
拦坝调水东江湖，矮寨公路绕山连。
花瑶婚礼踏山林，花衣红伞红线牵。
雪峰山脉苏宝顶，南岳衡山古册封。
九嶷山上白云飞，帝子乘风下翠微。
陶记武陵桃花源，洞在清溪何处边。
古城遗址城头山，种稻历史六千年。
山地梯田紫鹊界，水稻灌溉靠自然。
长沙稻作示范园，稻种试验创高产。
水稻之父袁隆平，育稻丰碑永纪念。
喜看稻菽千重浪，芙蓉国里尽朝晖。
水美地肥育优种，植遍世界献人类。

福建篇

泛涛明月广　边海众山齐[1]

处在东南沿海地，八山一水一分田。
海峡两岸台相望，华侨之乡世界联。
海神妈祖诞生地，丝绸之路海起点。
风景名胜武夷山，九曲溪流十八湾。
《九曲棹歌》渔歌唱，武夷精舍朱熹传。
二曲亭亭玉女峰，插花临水为谁容。
正山小种名红茶，当溪茗茶万里行。
建宁莲子皇贡品，丹霞地貌在泰宁。
客家居地为龙岩，土楼之乡是永定。
峭壁栈道冠豸山，鼓岭风雨闻鼓声。
浅水广场白水洋，鸳鸯峡谷会鸳鸯。
风动石险东山岛，云雾缪仙白云山。
埭美古厝五百载，整齐坚固四水环。
活龙活现狮表演，霍童线狮丝线牵。
太姥山上石千态，大崙山岛微景观。
霞浦滩涂红霞美，渔舟海带风景线。

---

[1] 引自唐·马戴《送李侍御福建从事》。

福建篇

武夷山图

永定土楼群图

湄洲妈祖祖庙图

厦门与鼓浪屿航拍图

平潭临近台新竹，奇异岩石博物馆。
半洋石帆永矗屹，平潭大桥施工难。
罗星塔立闽江口，马尾海事成历史。
三坊七巷福州地，里坊制度活化石。
闽江沙洲中洲岛，当年通商欧建筑。
福州建城两千载，别称榕城多榕树。
林默圣地湄洲岛，世界海神尊妈祖。
海上丝路启泉州，第一大港世界数。
六胜佛塔宋代立，祈风石刻史记录。
安平石桥长五里，崇武古城雕刻艺。
开元寺里两石塔，泉州故城常标志。
永春制香传手艺，老君石像永注视。
年轻厦门称鹭岛，活力十足且浪漫。
双子塔楼如帆船，演武大桥浮海面。
海上花园鼓浪屿，国际社区筑博览。
菽庄花园八卦楼，郑成功像日光岩。
爱国华侨陈嘉庚，集美学村亲创办。
厦门大学美名扬，陈嘉庚星永纪念。
魔鬼码头厦门港，人工智能运井然。
海洋贸易再辉煌，海上丝路航程远。

台湾篇

海上生明月　天涯共此时[1]

中国第一大海岛，东南沿海大陆架。
东太平洋北东海，福建相望隔海峡。
地壳运动火山喷，澎湖列岛澎湖湾。
湾外涛涌湾内静，安全港湾校歌传。
没有椰林缀斜阳，只是一片海蓝蓝。
筑起石墙留鱼群，澎湖石沪似项链。
收复台湾郑成功，盔甲旌旗隆纪念。
红瓦飞檐赤崁楼，逐走荷兰天府建。
台南孔庙首学府，纪念孔子祭祀典。
屏东龙宫王船祭，燃烧王船祈平安。
安平古堡见沧桑，天涯海角垦丁园。
中央山脉贯南北，主峰玉山入云端。
玉山圆柏超顽强，烈日暑寒立山巅。
壮观峡谷太鲁阁，山高水长属花莲。
清水断崖破海出，开山凿路绝壁间。
水漾森林成秘境，鲸鱼海豚海中翻。

---

[1] 引自唐·张九龄《望月怀远》。

台湾篇

澎湖列岛图

73

日本殖民毁森林，补种林木阿里山。
大屯火山曾喷发，野柳地貌钙化岩。
接引大佛佛光山，高雄夜景游爱河。
翠玉白菜毛公鼎，台北故宫国宝多。
温泉胜地阳明山，士林夜市观光客。
台北古庙龙山寺，神像济济同和气。
四四南村老眷村，大榕树下老家事。
台北地标一零一，摩天大楼抗震级。
顽强刺竹月世界，台南蓄水田苗盛。
风光秀丽日月潭，太阳月亮水相映。
慕名而来寻仙境，水域扩大枫叶形。
嘉南平原稻丰产，高美湿地鸟争鸣。
熔岩层叠石梯坪，新社梯田山海中。
滨海小城美宜兰，鸳鸯湖上有风情。
火山喷出龟山岛，牛奶海域趣无穷。
两岸互动祭妈祖，巡游祈福绕岛行。
百年灯塔鹅銮鼻，兰屿小岛好风景。
大陆最近金门岛，大陆供水恩情深。
两地共饮一江水，共同祖先心连心。
身在金门望大陆，海峡两岸一家亲。

台北 101 大楼图

日月潭全景图

金门滨海图

广东篇

气脉雄如此　由来是广州[1]

中国大陆最南端，改革开放为前沿。
南海明珠珠三角，岭南文化富内涵。
战略重地南大门，经济大省名列前。
广州市标电视塔，柔美纤细小蛮腰。
天河中央商务区，高楼林立耸云霄。
天河花市百花艳，国际灯市夜灿烂。
沙面小岛曾租界，西式建筑博物馆。
陈家宗祠有特色，圣心教堂过百年。
广州早茶友相伴，热茶糕点闲情谈。
不辞长作岭南人，荔枝粤菜广糕点。
孙文故里中山市，特色粤剧在岭南。
虎门炮台见沧桑，今日通达高铁站。
雷州半岛灯楼角，海上丝路徐闻先。
南海一号沉船出，宋代文物八万件。
开平碉楼华侨筑，南派武功舞狮演。
连州溶洞地下河，亚热森林鼎湖山。

---

[1] 引自明·汤显祖《广城二首·录一》。

广东篇

广州天河中央商务区图

韶关市丹霞山图

广东港珠澳大桥图

深圳市高楼图

广东篇

西江流经肇庆市，形如北斗七星岩。
岩如绮云丹霞山，群山缭绕南岭绵。
西京官道古高速，穿越岭南至长安。
一骑红尘妃子笑，千里荔枝啖玉环。
峡谷之上走钢丝，粤北峡谷险奇观。
英西峰林峰千座，仙桥溶洞石笋现。
千年瑶寨在连南，祭祀盘王神游典。
广济古桥八百载，潮州文化代代传。
客家围屋泰安楼，全球客都在梅县。
香港澳门珠三角，世界湾区粤港澳。
香港澳门连珠海，世纪工程跨海桥。
蓬莱仙境罗浮山，梦幻之岛庙湾岛。
珠海剧院海岛立，日月贝壳音和鸣。
拱北口岸国第一，见证开放通关行。
蛇口建港炮声响，经济特区打先锋。
改革开放设计师，鲜花常伴莲花顶。
前海深港合作区，高新科技多发明。
海岸卫士红树林，生态保护宜居城。
年轻城市青年人，创新活力日日增。
深圳速度楼万丈，改革开放锦前程！

香港篇

水面细风生　灯火夜妆明 [1]

处在祖国南沿海，九龙新界香港岛。
三面环山深水港，闻名维港为地标。
贸易金融世中心，东方之珠名声高。
船舶航行穿梭忙，亚太地区中心港。
鸦片战争割香港，九七回归红旗扬。
会展中心展双翅，紫荆广场国歌唱。
宏伟香港交易所，金融丛林百银行。
维港浪漫灯光秀，绝美夜景舞彩霞。
摩天大楼五百座，金融之都世界夸。
亚太航运枢纽港，转口货船又起航。
星光大道手印留，香港电影全球响。
武林功夫侠义行，中秋大坑舞火龙。
百年历史跑马场，赛马飞奔争输赢。
金融中心为楼王，腾云破雾空中城。
绝壁攀岩狮子山，香港精神勇登攀。
超级火山粮船湾，猕猴跳水郊野园。

---

[1] 引自唐·王建《江馆》。

香港篇

香港紫荆广场图

维港楼群林立全景图

81

大屿山岛宝莲寺，天坛大佛钟解烦。
大澳渔村龙舟游，青马大桥彩虹现。
依山傍海浅水湾，消夏弄潮戏游滩。
港岛城市淡水缺，内地供水生活安。
穿越港岛叮叮车，广告派对行车慢。
太平山上乘缆车，天星小轮渡百年。
太平山顶狮子亭，维港景色可俯瞰。
主题乐园迪士尼，天文科技太空馆。
海洋公园水上游，九龙旺角不夜天。
香港大学校本部，中山母校曾讲演。
罗湖桥上见证多，香港内地通道连。
香港北部都会区，科创新区将发展。
跨海大桥已连通，发展空间迎新春。
世大湾区粤港澳，世界超级城市群。
香港机场建海上，全球机场最繁忙。
最大规模高铁网，西九龙站地下藏。
陆地天空大海洋，国际都会新香港。
香港故宫博物馆，青铜方鼎新造型。
故宫文物今展示，中华文化显厚重。
国之礼器大方鼎，香港祖国同前行。

香港篇

香港青马大桥夜景图

香港故宫大方鼎图

澳门篇

长龙卧镜海　景观夺天工[1]

半岛氹仔路环岛，三岛组成今澳门。
三面环海面积小，澳门故事谈古今。
澳门先民海为生，祖辈捕鱼今传承。
妈祖庙宇五百载，祈求平安出海行。
葡萄牙人此登陆，听到妈阁澳门名。
百年灯塔东望洋，渔民仍望灯塔明。
澳门地标大三巴，历史未来见证它。
七子之歌声悲切，祖国母亲心牵挂。
鲜活物资运澳门，拱北口岸迎朝霞。
大名鼎鼎三盏灯，烟火最浓在路中。
渔人码头中西融，欧陆风情休闲城。
西式剧院国第一，岗顶剧院百岁建。
粤剧民乐交响乐，中西文化汇灿烂。
郑家大屋百余载，中西建筑皆体现。
大屋主人郑观应，盛世危言多流传。
氹仔老街官也街，玫瑰教堂圣庄严。

---

[1] 引自现代・刘新吾《澳门杂咏・镜海长虹》。

澳门篇

澳门大三巴图

澳门渔人码头图

澳门观光塔周边图
澳门横琴新区图

年度举办光影节,灯光秀在筑墙面。
鲜花对联庆春节,舞龙巡游祈福年。
航海时代澳门岛,国际贸易中转站。
城墙关闸大炮台,如今成为博物馆。
濠江中学升国旗,七十多载常坚持。
建起海湖赛龙舟,龙的传人承壮志。
地标广场金莲花,国庆升旗庄严立。
高耸澳门观光塔,塔上眺望海无边。
仿佛来到威尼斯,威尼斯人大酒店。
新濠影汇摩天轮,空中体验观城市。
格兰披治大赛车,澳门观光重头戏。
世界风味美食节,粤菜葡餐各美食。
填海造陆工程忙,海上跑道升飞机。
澳门大学新校址,横琴粤澳合作区。
跨海大桥港珠澳,三地连接快通途。
融入湾区粤港澳,澳门发展新机遇。
旅游休闲世中心,商贸合作中葡语。
多元文化交流地,中西文化绘新图。
昔日渔岛今繁华,活力之城当代属。
祖国灿烂澳门望,澳门未来奏新曲!

海南篇

环海三千里　珠崖第一山[1]

处在版图最南端，辽阔海域望无边。
南沙群岛南国界，琼州海峡陆岛间。
开放初期新建省，最大特区观光园。
建设最大自贸港，改革开放走在前。
南海明珠绿椰岛，旅游购物居休闲。
海南万里真吾乡，山清水秀海蓝蓝。
火山喷发堆海岛，马鞍火山今休眠。
省会海口港周转，轮渡火车骑楼现。
清代兴起下南洋，建省十万闯海南。
临高灯塔见证多，第一灯塔称木兰。
东部椰林独有情，赶海时光数千年。
马来半岛椰漂流，登陆海南椰繁殖。
海水生长红树林，海岸卫士抗风袭。
一夜成名为博鳌，永久举办亚论坛。
潇洒玩海如绘画，疍家渔排船家联。
黎族传说鹿回头，大小洞天寿长伴。

---

[1] 引自明·丘浚《琼山》。

海南篇

海口港全景图

博鳌亚洲论坛会议中心图

分界洲岛形美女，岛南岛北分界线。
南海半岛猕猴群，坡鹿奔跑善跨跃。
蜈支洲岛海水澈，潜入海水何感觉。
海上观音为最高，亚龙海湾大东海。
请到天涯海角来，三亚四季春常在。
五峰如指翠相连，热带雨林五指山。
龙舟大赛采槟榔，黎族船屋牙胡田。
淡水充沛流海岛，中部山区江河源。
万泉河水清又清，红军故事娘子连。
海水石槽风日晒，儋州古代取海盐。
全国育种良基地，年稻三熟菜常鲜。
网络发达高速路，高铁环岛三时圈。
航天发射文昌城，赤道最近易升天。
长征五号送嫦娥，天问一号火星攀。
天然良港大洲岛，岁月记录古海船。
千年渔港潭门镇，闯荡南海代续延。
三沙建市永兴岛，西沙中沙南沙远。
永乐群岛海瞳孔，海洋蓝洞妙奇观。
海洋领域要探索，南海前景广无限。
长风破浪会有时，海南扬帆要争先！

海南篇

三亚市海边及城市图

三沙市七连屿与周边海洋图

广西篇

江作青罗带 山如碧玉簪[1]

处在祖国华南域,南临南海北部湾。
西江水系西流东,三千里长海岸线。
西部陆海新通道,通向东盟为前沿。
水似九曲青罗带,山作十万碧玉簪。
群峰倒影山浮水,桂林山水甲天下。
漓江烟雨四月间,晨曦观赏当最佳。
两江四湖象鼻山,洞中明月浮水面。
阳朔西街和繁华,中外名人常参观。
度假天堂乐满地,各国风情演梦幻。
绿城翡翠青秀山,植物王国色斑斓。
阻挡水汽猫儿山,烟雨漓江溪汇川。
玉龙河上竹漂流,人在画中神仙游。
鱼鹰小舟蓑笠翁,暮色渔火映江流。
科举贡院山脚下,桂林城中独秀峰。
如画会仙玻璃田,龙脊梯田郁葱葱。
实景印象刘三姐,震撼表演场景阔。

---

[1] 引自唐·韩愈《送桂州严大夫同用南字》。

桂林山水全景图

漓江暮色渔火图

北海银滩图

南宁市会展中心、万象城等图

红瑶奔放喜红色，六月六日晒衣节。
经略台上真武阁，纯木结构为一绝。
古河画廊八十里，红水河宽湖山色。
大化洼地七百弄，洼地连通地下河。
最大天坑大石围，九顿天窗深潜水。
白头叶猴山头立，绝壁深谷任跃飞。
花山岩画挂石壁，古老图案更神秘。
中越边境崇左地，德天瀑布飞流急。
北海银滩漂轻浪，儿童戏水神游畅。
紫荆花开柳州城，钢铁基地防城港。
万亩大蚝钦州养，蚝排搬家声势壮。
珍稀中华白海豚，布氏鲸鱼食口张。
火山堆积涠洲岛，海上油田火炬照。
长洲水利枢纽建，黄金水道梧州交。
两千年前开灵渠，灵渠岭南快通道。
黄姚古镇原风貌，群山环抱绿水绕。
百色起义纪念碑，北回归线标塔高。
花团锦簇南宁市，民族大道宽又广。
中国东盟博览会，八桂大地更开放。
陆海连接新通道，做足边地大文章。

重庆篇

巫山七百里　巴水三回曲[1]

位于祖国西南部，山地丘陵主地势。
巴渝文化发祥地，中心城市国家级。
岭谷城市世最大，长江索道缓行驶。
肩扛担货称棒棒，天桥高楼连平地。
屋顶农场鱼粮丰，楼顶火锅欢笑声。
依山而建洪崖洞，穿楼而过轻轨行。
乌江画廊长百里，龚滩古镇乌江岸。
武隆景区喀斯特，天生三桥雄奇险。
地下宫殿芙蓉洞，山城夏宫仙女山。
水陆要津奉节县，诗城名人留诗篇。
朝辞白帝彩云间，千里江陵一日还。
列祖托孤永安宫，白帝庙前忆蜀汉。
巫山壁峭十二峰，神女峰美薄雾蒙。
除却巫山不是云，神女行云望鲲鹏。
巫山机场建云端，鸟瞰三峡尽眼中。
长江奔来瞿塘峡，扼守夔门难运通。

---

[1] 引自南朝梁·萧纲《蜀道难·其二》。

重庆篇

武隆仙女山草原图

巫山神女峰图

97

当今高峡出平湖，黄金水道船争鸣。
三峡移民超百万，举城搬迁丰都城。
丰都鬼城在名山，惩恶扬善鬼门关。
碧潭幽谷金佛山，金佛缥缈云霞间。
特殊腌制青菜头，涪陵榨菜誉全球。
一江两溪三山地，繁华古镇瓷器口。
内陆大港果园港，亚欧大陆通达远。
五湖四海江湖菜，随处可见火锅店。
棋牌桌浮打麻将，划艇戏水消暑炎。
抗日纪念解放碑，江北重庆大剧院。
渝水长江来相汇，清浊分明融合慢。
石窟艺术摩崖像，大足石刻世遗产。
洋行商会南滨路，今日娱乐休闲区。
白公馆与渣滓洞，革命烈士献身躯。
红梅花开红岩上，江姐故事心激荡。
彩虹大桥千厮门，山城夜景尽情赏。
流光溢彩江水映，身临仙境神飞扬。
渝中半岛似航船，朝天扬帆要远航。
城市骨架山城起，水是血脉涌流动。
开放搞活包容兴，重庆扬帆启航程。

重庆篇

重庆奉节夔门图

重庆千厮门大桥与
江边夜景图

四川篇

锦绣山川美　天府之国丰

天下山水在于蜀，天府之国沃千里。
处在祖国西南部，群山环绕围盆地。
古蜀文明始上古，熊猫川菜景闻世。
云水奇观若尔盖，九曲黄河首弯起。
横断山脉雪宝顶，钙化景观黄龙奇。
神奇九寨比天堂，长海叠瀑五彩池。
九寨归来不看水，身在瑶池不肯归。
千年工程都江堰，排洪引水大智慧。
出师一表真名世，诸葛名垂武侯祠。
古蜀遗址三星堆，青铜考古惊世纪。
锦江春色来天地，九天开出一成都。
龙门阵摆一杯茶，宽窄巷子老街区。
麻辣川菜百味浓，川剧变脸喷火出。
杜甫草堂浣花溪，千载诗圣名垂古。
汶川地震成遗址，北川新城拔地突。
万夫莫开剑门关，蜀道难于上青天。
高铁驰骋如闪电，李白若知惊汗颜。

四川篇

九寨沟图

成都市区高楼群图

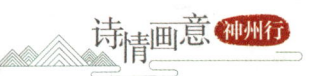

阆中古城张飞庙，明清街巷唐宋院。
安岳石刻跷观音，竹林绿海在蜀南。
宜宾城东合江门，哪吒出生陈塘关。
乐山大佛座千载，百尺弥勒镇江河。
峨眉名山天下秀，金顶金佛云海波。
峨眉山月半轮秋，山与明月对诗和。
青城仙山林青翠，道教天师老君阁。
凉山梯田入天际，雅西高速巧爬坡。
乐安湿地鸟天堂，螺髻山翠千峰叠。
盛大狂欢火把节，彝族选美朵洛荷❶。
雕版印刷藏经院，桃坪羌寨数千年。
幺妹峰高冰川挂，四姑娘山神女仙。
熊猫护区在卧龙，野化训练游乐园。
熊猫国宝誉全球，和平使者异国现。
川藏线拐三十八，二郎山险命一悬。
蜀山之王贡嘎山，群峰簇拥耸云端。
海子森林绿草甸，稻城亚丁世桃源。
冲古寺高雪山门，雪峰三座昂首观。
蜀江水碧蜀山青，仙境高山看四川！

❶ 朵洛荷：是彝族民间的一种舞蹈，意为火把节之舞。

四川篇

峨眉山金顶图

蜀山之王贡嘎山图

贵州篇

旧说天下山 半在黔中青[1]

祖国西南内陆地，八山一水一分田。
岩溶王国河流多，高原气候云蔽天。
数据综合国家级，生态文明区试验。
民族众多和睦处，夜郎古国谱新篇。
原始洪荒亿万年，云海傲立梵净山。
半山碧色半云烟，沧海桑田今奇观。
岩溶地貌万峰林，锥形山峰两万座。
格凸河水清又长，穿山造洞神工作。
织金溶洞地下河，万年石笋形态特。
鬼斧金盆天生桥，天坑吊桥惊魂魄。
荔波樟江似画廊，七孔桥下江碧色。
水晶宫殿在龙宫，漂浮乐园洪水河。
西江苗寨古村落，千家灯火耀山坡。
肇兴侗寨山谷建，百人合唱侗族歌。
云贵高原云雾润，乌蒙草原牛羊多。
北盘江桥第一高，平塘大桥检严格。

---

[1] 引自唐·孟郊《赠黔府王中丞楚》。

贵州篇

梵净山航拍图

贵州荔波樟江图

105

黄果树瀑布图

中国天眼航拍图

贵州桥型世最全，万座大桥连山岳。
咸宁草海淡水湖，生态引来黑颈鹤。
马岭河落大峡谷，百溪挂壁化飞瀑。
依山傍水镇远城，夜郎古国夜郎谷。
白水河下垂百米，壮观瀑布黄果树。
瀑后玄藏长溶洞，洞中观瀑别有趣。
贵安樱树成花海，白樱红樱次第开。
毕节杜鹃百里红，佳人与花竞风采。
赤水竹海生不息，独竹漂流好刺激。
红糯高粱赤水河，茅台酒醇香远溢。
挽救红军挽救党，遵义会议永载史。
雄关漫道真如铁，而今迈步从头越。
四渡赤水出奇兵，用兵如神毛主席。
安顺蜡染冰纹美，面具驱邪傩堂戏。
森林之城贵阳市，新城高楼拔地起。
南明河畔甲秀楼，九角形楼文昌阁。
山林泉湖黔灵山，青岩古镇屯兵郭。
贵安新区大数据，天然稳定存储地。
球面射电望远镜，中国天眼世第一。
天眼视野遥可及，目光引领寻未知。

云南篇

七彩云南丽　雪山古城依

彩云之南山连山，寒温热带气候全。
西南边陲邻南亚，民族众多世家园。
动物植物称王国，山清水秀若仙间。
梅里雪山高屏障，明永山峦挂冰川。
怒江峡谷天河悬，白水运动激流险。
滇金丝猴美容颜，牦牛转场途危艰。
长江干流金沙江，石鼓镇边急转弯。
虎跳峡险有传说，两山夹斗石为门。
水性杨花泸沽湖，湖面如镜漂白云。
玉龙雪山耸神奇，丽江古城水为魂。
雪山古城相辉映，山立城依和谐存。
木楼石板古风韵，小桥流水鲜花馨。
苍山洱海绝搭配，大理拍照最宜人。
大理皇家崇圣寺，《天龙八部》故事传。
第二三峡白鹤滩，得天独厚水电站。
高原季风云徘徊，云卷云舒彩云南。
心中日月宁静地，香格里拉世桃源。

◢ 云南篇

玉龙雪山与丽江古城图

大理苍山洱海图

香格里拉全景图

昆明滇池全景图

季节变换纳帕海,雨季湖水旱草原。
山中秘境千山湖,大地之花白水台。
腾冲曾有火山群,温泉之城滚热海。
西双版纳热雨林,野生象群人和蔼。
久负盛名普洱茶,万亩古茶云中采。
欢乐海洋泼水节,水润心田乐开怀。
澜沧江畔不眠夜,孔明灯升心花开。
七彩云南红土地,天上彩云地画彩。
花海溢香蜂采蜜,罗平油菜遍金黄。
大海草山现牛羊,洁白山坡滑雪场。
哈尼梯田如雕琢,山水林田稻米香。
高山为谷谷为陵,石林如海冲天上。
昆明池水三百里,红嘴鸥鸟远客落。
四季如春昆明城,蓝花楹树海蓝波。
花的世界百花放,花的都会香溢扬。
万亩花海万寿菊,冬樱茶园新风光。
斗南花卉大市场,各色鲜花奔四方。
白云甘露鲜花丽,红土春城草木长。
七彩云南永绽放,花的海洋飘芬芳。

西藏篇

玉嶂拥清气　莲峰开白花 ❶

处在祖国西南部，世界屋脊皆称誉。
藏北高原域辽阔，数千湖泊散分布。
河流萦绕山脉突，密林沃野文明育。
喜马拉雅山脉起，千百成峰争高势。
珠穆朗玛神女峰，高耸挺拔世第一。
高原气息漫拉萨，科学训练登山者。
六千米高洛堆峰，登峰滑雪训练多。
水土肥美藏江南，六大名沟日喀则。
雅鲁藏布 ❷ 大峡谷，密林冰川瀑布群。
林芝今见桃花源，芳草鲜美英缤纷。
桃花嫣然游客笑，更增陶记雪山景。
最美南迦巴瓦峰，状若长矛刺苍穹。
雄峰传说像神马，念青唐古拉山峰。
普若岗日大冰川，劈山裂石造山脊。
羌塘高原地域广，湖泊众多大小异。
设立羌塘保护区，野生动物严保护。

---

❶ 引自唐·吕温《吐蕃别馆和周十一郎中杨七录事望白水山作》。
❷ 藏布：藏语中指江河。如雅鲁藏布、雅龙藏布。

珠穆朗玛峰图

林芝桃花源图

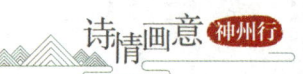

千山之巅今阿里,几大山脉此汇聚。
冈仁波齐神灵山,藏民转山梦想成。
三教尊为神山王,神灵之山尊朝圣。
三大江河为源头,万水之源更尊奉。
当惹雍错❶深水湖,象雄古国文明史。
扎达土林壮观奇,古格王朝留遗址。
羊卓雍错神圣湖,山湖相映鸟岛立。
海拔最高孜珠寺,远离城镇清净此。
年楚河灌沃平原,青稞高产多美食。
依山而建金佛殿,宏伟扎什伦布寺。
藏传佛教学经院,历代班禅驻锡地。
黄教寺院哲蚌寺,白色建筑列鳞次。
朝圣天湖纳木错,蓝天白云湖水碧。
高原拉萨羊八井,地热温泉多富集。
香火缭绕大昭寺,八廓街市高人气。
吐蕃拉萨建宫殿,布达拉宫巍然屹。
松赞干布居王室,文成公主传故事。
放眼天际进西藏,安于自然心灵逸。
生灵草木常守护,万水千山永相识。
人与自然谐共生,笑容满面欢迎你!

---

❶ 错:藏语中的湖。如纳木错,当惹雍错。当惹雍错意为绿色的湖泊。纳木错意为天湖。羊卓雍错意为天鹅之湖。

西藏篇

扎西伦布寺全景图
布达拉宫全景图

陕西篇

城阙辅三秦 风烟望五津 ❶

地处内陆腹版图，秦岭横亘南北启。
三秦大地贯南北，陕南陕北为两翼。
炎帝黄帝诞生此，华夏文明发祥地。
龙兴之地古都城，文化底蕴长历史。
太白山顶曾冰封，古老朱鹮增繁殖。
棕色熊猫难寻觅，金丝猴跃羚牛奇。
终南山上隐士多，粗茶淡饭吟禅诗。
奇险天下第一山，浑然一体拔地突。
峭壁峻峰青龙背，自古华山一条路。
华山武侠故事多，高手对决真功夫。
渭河秦称母亲河，泾渭分明组成语。
渭水汇黄积平原，大地秦川八百里。
关中平原奇迹创，大秦帝国此崛起。
秦皇威武统华夏，浩大皇陵至今谜。
地下军团兵马俑，堪称世界八奇迹。
四通八达秦驰道，万里长城居雄势。

---

❶ 引自唐·王勃《送杜少府之任蜀州》。

陕西篇

华山航拍图

兵马俑全景图

西安钟楼及城市夜景图

黄河壶口瀑布全景图

一代女皇逞英豪，乾陵石像无头立。
世界古都两千岁，长安繁华世第一。
秦汉隋唐十三朝，大汉盛唐彰国力。
丝路起点通西域，大明宫殿无伦比。
九天阊阖开宫殿，春风得意马蹄疾。
西安城墙马拉松，大雁塔高钟楼屹。
华清宫舞霓裳曲，法门寺中佛舍利。
秦岭南麓汉江源，汉朝汉族汉文字。
梯田草原油菜黄，秦岭南北风光异。
寻根祭祖黄帝陵，华夏民族生不息。
民族解放新民主，延安宝塔明灯指。
大夏遗址统万城，记录匈奴末政权。
无定河水远流长，农耕游牧分界线。
关关雎鸠诗经集，荒漠湖岛遗鸥居。
黄河蜿蜒几千里，转头奔南大峡谷。
百转迂回似信步，乾坤湾绘太极图。
黄河之水天上来，壶口天险飞瀑布。
势不可当奔腾急，中华民族精神聚。
黄河咆哮卫中国，中国复兴不可阻。
长河滚滚东入海，源远流长高歌曲。

宁夏篇

大漠孤烟直　长河落日圆[1]

位于祖国西北部，南六盘山北贺兰。
塞上江南黄河行，山地沙漠绿平原。
黄土高原六盘山，造林绿化六十年。
六盘山上高峰望，只此青绿河蜿蜒。
清水河流发源地，流经南北抗干旱。
宁夏特产枸杞子，甘草长枣西瓜甜。
黄河峡谷青铜峡，黄河楼高放眼望。
第四沙漠腾格里，固漠护路绿洲长。
沙漠旅游沙坡头，大漠长河滑沙场。
戈壁滩上云基地，数据中心沙漠广。
沙漠光伏产业园，清洁能源输远方。
贺兰山高横南北，塞上江南美名扬。
贺兰岩画人马羊，拜寺双塔立两旁。
明代长城三关口，长城内外今安祥。
史前考古水洞沟，长城防御体系详。
西夏王陵遗址在，西夏王国曾辉煌。

---

[1] 引自唐·王维《使至塞上》。

宁夏篇

六盘山山顶图

三关口长城图

121

宁夏沙湖美景图

银川黄河周边景区图

越野胜地陡坡岩，虎克之路挑战强。
西部影城镇北堡，原始古朴又粗犷。
退耕还林桃花绽，彭阳梯田山烂漫。
吴忠同心清真寺，古典风格筑寺院。
大佛楼龛巨佛坐，固原石窟须弥山。
宁东能源煤制油，戈壁新厂灯火灿。
南长滩村黄河谷，百岁古梨花满树。
红岩山体火石寨，怪石险峰擎天柱。
冬去春来冰面开，勃勃生机鹤群来。
黄河引水入沙湖，沙漠湖泊美景在。
岸边驼队映湖行，漠车湖船相竞赛。
银川平原黄河流，鱼米之乡葡萄酒。
黄河金岸马拉松，黄河大桥人潮流。
湖泊湿地随处见，阳光映水得银川。
亭台楼阁水上浮，路桥家园水上建。
阅海湖上龙舟赛，水上乐园银川舰。
鼓楼宝塔凤凰城，水上之城黄河穿。
高楼林立树行行，银川夜景何灿烂。
高铁连通银川站，轨道延伸四方连。
西部提速时俱进，未来发展景无限！

甘肃篇

壁画飞天梦　陇右丝路长

羲轩桑梓农耕始，中西文化交汇地。
华夏文明八千载，丝绸之路三千里。
三大高原此交会，处在中国西北部。
祁连山下烽如月，河西走廊丝绸路。
黄土高原沙沧桑，大地波浪似凝固。
石柱石笋冲天刺，黄河石林屹河谷。
龙湾革船渡黄河，庄浪梯田百万亩。
浊沙洮河汇黄河，从此黄河洗不清。
中山铁桥百年跨，今日兰州桥纵横。
兰新高铁穿西北，银龙驰骋抗强风。
甘南草原牦牛壮，河曲快马健奔腾。
扎尕那庄伊甸园，藏民欢跳锅庄舞。
峰像鸡冠鸡峰山，山巅庙宇禅佛语。
形似麦垛麦积山，千载绝壁佛洞窟。
崆峒访道故事多，三教共融仙佛住。
划开天路岭为门，道观庙宇接星空。
河西走廊乌鞘岭，中原出关第一屏。

甘肃篇

甘肃黄河石林图
崆峒山航拍图

125

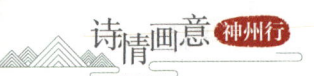

马踏飞燕汉青铜，中华气质旅游行。
马蹄寺窟天马印，凉州攻鼓震军营。
七彩丹霞在张掖，色彩斑斓如仙境。
庞大山系祁连山，东西千里长延绵。
透明梦柯大冰川，冰川融化河流源。
油菜花开绣锦毯，马鞭草美金昌田。
严关百尺界天西，天下第一嘉峪关。
河西咽喉雄关立，丝绸之路关税点。
悬臂长城建山脊，如悬空中城防险。
齐家文化新石器，羲皇故里天水市。
世界遗产莫高窟，中西艺术相汇集。
飞天壁画藏经洞，佛教形象有生气。
敦煌飞天不是梦，酒泉卫星发射疾。
鸣沙山下月牙泉，沙飞泉月映奇观。
春风不度玉门关，玉门关外不胜寒。
小方盘城戈壁上，记录当年屯戍边。
西出阳关无故人，今日阳关朝夕返。
雅丹地貌在敦煌，造型各异想联翩。
陇右大地势磅礴，远航舰队破浪前。

甘肃篇

敦煌莫高窟图

玉门关遗址图

青海篇

青海连西掖　黄河带北凉 ❶

位祖国西北内陆，处青藏高原北部。
以湖为名青海省，三江源头青海域。
内陆最大咸水湖，万载进化今湟鱼。
度假天堂青海湖，栖息水鸟卅万只。
青海湖畔原子城，首颗核弹试验此。
长江源头何处在？格拉丹东雪山地。
长江黄河澜沧江，三江源头始高原。
中华水塔重保护，国家公园留青山。
玉树地震家园毁，新的城市速重建。
年度玉树赛马会，赛马牦牛比射箭。
可可西里无人区，生态保护动植物。
体力强健野牦牛，棕熊捉鱼食兔鼠。
夏季雌性藏羚羊，产下幼崽要转场。
四大盆地柴达木，地域广阔多矿藏。
翻滚上涌艾肯泉，恶魔之眼出地面。
雅丹地貌柴达木，风力打造高速路。

❶ 引自唐·孙逖《送赵大夫护边》。

青海篇

青海湖图
三江源图

129

昆仑山通铁路图

黄河源头扎陵湖图

青海篇

栩栩如生大鲸鱼，人脸狮子城堡突。
火星大片此地拍，火星营地在冷湖。
天空之镜茶卡湖，蓝天白云映水里。
盐矿变成翡翠绿，旅游火车游客喜。
当年小城今断壁，石油工业存遗址。
光热电站德令哈，千面日镜围高塔。
横空出世莽昆仑，昆仑魄力何伟大。
王母瑶池又神泉，万山之祖传神话。
昆仑山上建铁路，开山架桥天路跨。
风火山里穿隧道，极寒之地稳通达。
龙羊峡上水电站，万里黄河第一峡。
东方瑞士卓尔山，山河草原美景画。
塔尔古寺有三绝，壁画堆绣酥油花。
巴彦喀拉山北麓，千百湖泊星宿海。
扎陵湖和鄂陵湖，黄河之水汇聚来。
门源花海大地画，油菜花黄绿青稞。
自行车赛青海湖，西宁古城民族多。
青藏高原孕育她，汇积小流成黄河。
黄土高原我奔腾，峡谷高山我跨越。
穿越华夏大地绿，东入大海势磅礴！

新疆篇

明月出天山，苍茫云海间 ❶

地处亚洲深腹地，物博地大指首屈。
雄伟三山两盆地，丝路必经通西域。
高山大漠草原湖，石油煤炭矿藏富。
乌鲁木齐为首府，巴扎❷繁荣多民族。
天山巍峨贯东西，天池秀丽比明珠。
天山冰川千万条，河流湖泊发源此。
棉花番茄辣椒红，装点大地石河子。
巴音草原牛羊群，水草丰美景色宜。
开都长河落日圆，九个太阳水映日。
高原湖泊博斯腾，碧水蒹葭飞鸟栖。
天山峡谷安集海，俯瞰如画何秀丽。
五彩草原那拉提，春花夏牧秋草季。
伊犁河谷赛江南，薰衣草香杏花绮。
神奇小城特克斯，八卦城形连环奇。
北疆广袤准噶尔，阿尔泰山冰雪积。
第二沙漠准噶尔，高空俯瞰形树枝。

---

❶ 引自唐·李白《关山月》。
❷ 巴扎：维语，指集市，农贸市场。

新疆篇

乌鲁木齐市区夜景图

天山天池航拍图

克拉玛依石油城，雅丹地貌魔鬼窟。
金子之山阿尔泰，矿藏丰富金属库。
可可托海在等你，奇峰碧湖大峡谷。
喀纳斯湖妙神秘，传说水怪大红鱼。
哈萨克人马背族，四季转牧两千里。
雪岭云杉天山上，涵养草原空气湿。
南疆浩瀚塔里木，大漠长河干盐湖。
守护沙漠强生机，胡杨精神英雄树。
死亡之海罗布泊，今日盐湖通公路。
楼兰交河古城址，当年丝路留记录。
高昌古城昔王城，古代丝路为要枢。
火焰山热七十度，芭蕉扇救唐师徒。
葡萄成荫吐鲁番，荫房烘干甜胜蜜。
坎儿古井两千载，抗旱输水创奇迹。
帕米尔高在西端，冰川富集群山巅。
阿图什门石拱高，鬼斧神工高原屹。
南北丝路交会处，巴扎众多繁贸易。
多元文化融喀什，特色建筑风格异。
古代西域多故事，一带一路今雄起。
核心地带连世界，新疆腾飞新时机！

新疆篇

可可托海秋景图

喀纳斯湖全景图

附录

山清水秀正宜人
——石峰风景诗词选

白露

（仄起　平水韵）

白露今时节，
琼珠草叶间。
露霜虽滴小，
能染万重山。

2018年9月8日晨作于北京

野菜花

（平起　平水韵）

无名也无姓，
石缝露头来。
桃李何曾羡，
风吹我自开。

2018年4月9日作于北京
并在2023年8月发表于《中华诗词》
杂志2023第8期

杏花（一）
（仄起　通韵）

晓起观窗外，
枝身一片白。
疑飘昨夜雪，
细看杏花开。

2019年3月20日作于北京

杏花（二）
（平起　通韵）

一宵醒后满枝星，
似开未开别有情。
我早桃花出篱笑，
众芳景仰杏坛听。

2023年3月18日作于北京

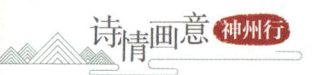

麦收即事

（七绝　平起　新韵）

金黄麦浪暖风摇，
桌上白馍香味飘。
爷忆种田辛苦事，
孙儿吟诵《悯农》谣。

2020年6月5日（麦收时节）作于山东东营

造访三清山

（平起　通韵）

闻说山仙须三请，
两月连阴今转晴。
巨蟒出山迎相见，
女神文静显仙灵。
仙云缭绕飘林海，
驼峰突出上太清。
行善积德缘分在，
心诚则灵有仙情。

2019年3月3日作于江西三清山

注：由于受厄尔尼诺现象影响，2019年初以来我国南方地区连阴下雨。三清山更是两个多月阴雨连绵。即使在正常季节，三清山上也很少能看到景物。俗话说到三清山须三请，才能见到女神等山仙。我们这次造访，运气很好，到山上云开雾散，清晰地看到了女神等显灵，真乃有缘。故题此诗！

早春小草

（仄起　通韵）

寂寂阡旁暖返寒，
疏疏小草嫩芽钻。
平常默默无人问，
百卉争妍仍坦然。

2018年3月16日作于东营

早春赞迎春花

（四言）

草木苍苍，早春露霜。
小小黄花，淡淡幽香。
万物待醒，笑容淡妆。
花虽不艳，春秀首场。

2020年2月28日作于山东东营植物园

附录　山清水秀正宜人——石峰风景诗词选

游国家植物园

（仄起　通韵）

景秀春和好兴致，
植物园里赏心怡。
碧桃灼灼花如火，
牡丹富贵怒放时。
蜜蜂争拥采新蜜，
蝴蝶竞飞展丽衣。
老翁醉于负离子，
佳丽自拍童戏嬉。

2023年4月17日作于北京国家植物园

东营植物园观牡丹

（仄起　平水韵）

谷雨疑为到洛阳，
犹如菏泽闻天香。
黄红紫白比华艳，
却是东营牡丹芳。

2022年4月22日作于山东东营

143

秋游白洋淀

（仄起　通韵）

晚阳碧水小舟漂，
蒹葭苍苍荷叶摇。
突起野凫惊舫客，
岸边垂钓静悄悄。

2020年10月10日作于河北白洋淀

银杏林

（平起　通韵）

蒹葭苍苍降晨霜，
碧水悠悠瑟瑟凉。
华贵雍容白果树，
金叶闪闪更辉煌。

2020年11月3日作于山东东营

孟冬月季

（平起　平水韵）

初冬时节叶黄飘，
月季亭亭妩媚摇。
红萼寒开冬日艳，
盼来雪景更妖娆。

2020年11月16日作于山东东营

海蚀石

（平起　平水韵）

惊涛拍岸声震天，
猛浪腾翻石屹然。
立身石上心澎湃，
飞波踏浪欲成仙。

2020年12月10日作于海南
文昌石头公园

秋色广利河

（七古）

西东蜿蜒穿城过，碧水清悠入海流。
蒹葭苍苍芦花曳，垂柳深绿旗袍秀。
格桑花开笑脸露，银杏叶黄摇招手。
马拉松跑河北岸，国际钓赛南畔边。
晨练岸边健道跑，周末河畔家笑谈。
水上之城明月湖，雪莲剧院映水间。
秋水长天共一色，红霞白鹭齐逐飞。
游船观光如塞纳，两岸霓虹仙景美。

2021年10月13日作于山东东营

附录　山清水秀正宜人——石峰风景诗词选

雪霁东营
（六言）

皑雪绿树橙果，
白云蓝天碧波。
鹤鹳芦花红毯，
东营渤海黄河。

注：红毯指黄河口碱蓬在秋冬的地面景色。
2021年11月8日作于山东东营

三亚凤凰岛

（仄起　通韵）

凤凰岛上逍遥兴，
三亚湾中梦幻城。
豪华游轮泊来港，
度假胜地海风情。
碧波蓝天白云缀，
椰树帆楼绿草坪。
笑语欢歌广场舞，
明珠南海悦欣行。

2020年12月27日作于海南三亚

红石峡

（平起　通韵）

交错红石深峡谷，
瀑悬飞落滚涛急。
碧波峡底明如镜，
游者置身何感思？

2021年4月15日作于河南省云台山

乘高铁

（平起　平水韵）

银龙驰骋越乾坤，
江北江南片刻巡。
李白惊叹辞白帝，
弃舟也乘长精神！

2015年12月9日作于高铁上

附录 山清水秀正宜人——石峰风景诗词选

秋游

（平起　通韵）

云淡天高平碧水，
果红橘绿鸟鸭肥。
郊游周末农家乐，
城里孩童不愿回。

2018年8月15日作于北京

金湾海滩

（平起　通韵）

博鳌金湾银海滩，
荡漾碧波霞满天。
舞动彩巾腾空跃，
心情放飞到仙间。

2020年12月13日作于海南博鳌金湾

青城山

（仄起　通韵）

静风黄叶落，湖月水中游。

幽林小径长，细泉低声流。

倚树成亭阁，山青绕城周。

烟缭清宫上，道仙肃坐搂。

2019年11月14日作于成都

北戴河

（仄起　通韵）

避暑胜地为夏都，观鸟乐园如麦加。
鹰角亭上日出望，联峰山石似莲花。
石虎卧海忆秦皇，碧螺塔下醉酒吧。
魏武碣石观沧海，主席曾吟浪淘沙。

2018年9月2日作于河北北戴河

春游中山公园

（平起　通韵）

单樱花如雪，
玉兰润冰洁。
郁金香微笑，
花仙子舞歌。

注：花仙子指公园歌舞者。
2016年4月15日作于青岛

霁后秋朗

（平起　平水韵）

蓝天湛清高，
黄树风瑟萧。
白日光暖照，
红叶满山飘。

2019年10月25日作于北京

附录　山清水秀正宜人——石峰风景诗词选

广州新观

（仄起　通韵）

海心沙畔挺蛮腰，珠江新城耸云霄。
西欧建筑遍沙面，东方园林沙岛娆。
黄埔精神爱国勇，绿水红树穗城娇。
改革先锋南国立，开放勇弄世界潮。

　　　　　　　　2017年12月8日作于广州

庭园月季

（平起　通韵）

深赤浅红淡橙黄，
各擎花束悦容光。
百枝同簇好风韵，
绘就胜春花海洋。

注：胜春为月季花别称。
2021年5月13日作于山东东营

鹧鸪天·童翁同游戏

（词林　正韵）

柳吐鹅黄小草稀，
鸟飞这枝跳那枝。
儿童玩耍群游戏，
催叫老翁参戏之。
翁鹰老，捉小鸡。
翁抓童躲窜滑梯。
翁心返童童欢喜，
童翁同兴两相宜。

2021年3月9日作于北京

附录 山清水秀正宜人——石峰风景诗词选

洛阳牡丹（一）

（平起 通韵）

三月初三天气新，洛阳牡丹俏芳春。
二乔花王争娇艳，姚黄仙桃滴露神。
佳丽多姿自拍秀，游人乐赏兴灵魂。
国色傲放百花逊，天香飘然更醉人。

2021年4月14日（农历三月初三）作于洛阳

洛阳牡丹（二）

（六言）

春行南北西东，
赏过万紫千红。
若为国花投票，
洛阳牡丹头名。

2021年4月15日作于洛阳

洛阳

（平起　平水韵）

千年古都沧桑史，
将相皇王逝长祠。
唯有牡丹持国色，
花中之王世界奇。

2021年4月15日作于洛阳

雨后

（平起　通韵）

春雨滋津新叶吐，
气息清爽鸟鸣枝。
芳英吹落休惜惋，
小果逐成脆杏梨。

2021年4月22日作于山东东营

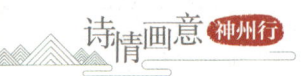

咏槐

（仄起　通韵）

万紫千红化粉泥，文人正叹春将失。
清香阵阵飘然至，槐米累累挂嫩枝。
蜡蜂纷纷忙采蜜，游人攘攘赏槐息。
花虽不艳甘清苦，沃土贫瘠皆可植。

2021年5月4日作于山东东营

山海关

（仄起　通韵）

壮伟更奇险，天下第一关。
昔日要冲口，今朝胜景观。
关内消暑地，关外米仓田。
长城龙头舞，屹立东方间。

2018年9月2日作于河北山海关

蒲公英

（仄起　通韵）

小小黄花遍地开，
群芳摇落正舒怀。
天涯海角留足迹，
不用栽培我自来。

2019年4月19日作于北京

武隆仙女山

（仄起　通韵）

马儿悠悠绿草场，
枝言草语沁心房。
波浪路上火车响，
东方瑞士仙女妆。

2021年10月19日作于重庆武隆

雨中乌江画廊

（仄起　通韵）

碧水青山云长卷，
长裙绌绮素头巾。
神女凝望吊楼镇，
乌江画廊谁绘新？

2021年10月19日作于重庆酉阳

附录　山清水秀正宜人——石峰风景诗词选

观重庆两江夜景

（仄起　通韵）

画舫悠悠江上行，犹如梦幻到天庭。
霓虹各异彩桥架，绰约楼姿神女峰。
仙气飘摇洪崖洞，丽人拍照仿明星。
广寒嫦娥嫌寥寂，凝神两江夜景情。

2021年10月18日作于重庆

深秋咏月季

（仄起　通韵）

牡丹天香已为泥，
秋菊开过抱香枝。
寒梅犹在梦中睡，
月季花开正傲姿。

2019年11月6日作于北京

春景

（平起　通韵）

橙黄赤绿青蓝紫，
绚烂千花比颜值。
小草疏疏虽不语，
园地绿满落红时。

2021年3月30日作于山东东营植物园

附录　山清水秀正宜人——石峰风景诗词选

初春

（平起　通韵）

冰天雪地北国春，
椰绿花红海南欣。
南北神州节候异，
大国泱泱华夏人。

2022年2月13日作于海南

初夏庭园

（仄起　平水韵）

初夏庭园满艳芳，
五颜六色月季香。
杏儿笑脸黄鹂闹，
彩蝶双依蜜蜂忙。

2022年5月19日作于山东东营

163

海上日出

(七古)

东方渐明淡朦胧，大海茫茫波静平。
红晕天边云彩染，冉冉红日海面升。
云朵爱抚金乌面，朝霞多姿笑相迎。
小舟列队受检阅，海鸥低飞照镜容。
晨鸟叽喳清脆语，椰叶露珠亮晶莹。
暂有青云遮望眼，日射海面映光明。
佳人含笑忙拍照，老夫默声酝诗情。

2022年3月4日晨作于海南博鳌

附录　山清水秀正宜人——石峰风景诗词选

仲春

（仄起　通韵）

暗香春醉醒，
黄花岁新开。
默默草芽绿，
悄悄柳叶裁。
灼灼桃色火，
淡淡簇梨白。
百卉竞娇艳，
青阳畅暖怀。

2022年3月16日作于山东东营

周日春游

（仄起　通韵）

霁后周天春意暖，
白云招手笑花颜。
花丛丽人秀拍照，
纸鸢高飞稚子欢。

2022年3月27日作于山东东营

谷雨

（仄起　平水韵）

布谷声中神州绿，天香国色动城花。

联合国写仓颉字，请将甘泉试新茶。

注：联合国确定每年谷雨为中文日并纪念仓颉。
2022年4月20日（谷雨节气）作于山东东营

附录　山清水秀正宜人——石峰风景诗词选

雷雨

（仄起　新韵）

气热天闷云簇动，蚍蜉群转燕低倾。
怒鞭闪电长空裂，霹雳震惊炮炸声。
风卷乌云降黑幕，雨喷天瀑变沧溟。
清新霁野莺歌唱，众望奇观挂彩虹。

2019年7月25日作于北京

岳麓书院

（平起　通韵）

星城初夏海桐开，
踏上层峰景仰来。
四大书院史名记，
千年学府理明白。
实事求是根底厚，
整齐严肃育学才。
中华文化流长远，
学子应到赫曦台。

2019年5月2日作于长沙

霁后晴晨

（平起　通韵）

深空湛蓝挂月新，
晨光映树耀芳茵。
清风熏得人初醒，
窗外黄鹂竞好音。

2016年5月3日作于北京

西江月·戏雪

（通韵）

青女撒下瑞雪，一片大地白洁。
高楼喜鹊唱欢歌，童稚放飞狂乐。
嬉笑打玩雪仗，前后追赶雪车。
雪人大肚乐呵呵，夜幕降临难舍。

2023年12月14日作于北京

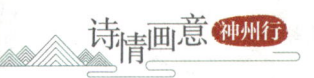

烟台山

（七古）

烟台游览烟台山，古堡灯塔引航船。
燕台石上聚春燕，龙王庙里祈平安。
开埠建起领事馆，各式洋楼争奇观。
惹浪亭上迥海望，蔚蓝海边秀美颜。
大港鸣笛船竞发，游客心飞启扬帆！

2023年9月13日作于烟台

机上观云海

（五言）

银鹰飞重霄，腾入云世界。
茫茫天波海，袅袅漫瑞霭。
迥望雪山屹，近观庭树栽。
苍狗仰头吠，雄狮展舞台。
纤凝鱼何泳？悟空驾雾来。
氤氲新天地，八仙今安在？

2023年9月4日作于东航航班

夜雪

（仄起　平水韵）

夜静无声亮冷光，
坤灵皆白玉宇茫。
上天恩赐琼花落，
人世最美洁素妆。

2023年12月11日作于北京

燕雀聚会

（仄起　通韵）

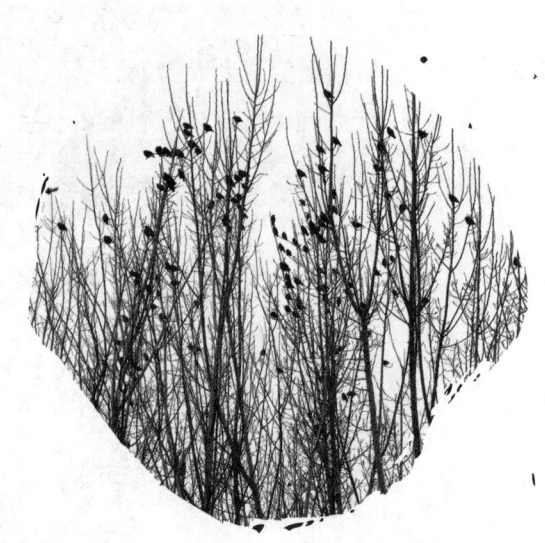

雪飘苍露野，
萧树动枝节。
燕子南国去，
黄莺未闻歌。
燕雀群聚会，
树杪比喉舌。
疑是决心表，
越冬要团结。

2019年12月8日作于山东东营

附录　山清水秀正宜人——石峰风景诗词选

春色（一）
（仄起　平水韵）

碧水黄鸭飞燕回，
桃红柳绿杏花开。
童放纸鸢莺歌唱，
盎然生机春色来。

2020年3月19日作于山东东营

春色（二）
（平起　平水韵）

垂柳鹅黄初拂水，
玉兰霓裳先妖娆。
暖阳招手东风拂，
千树百花争翠娇。

2023年3月11日作于北京

玉兰花

（平起　通韵）

枝上黄鹂清脆叫，
柳条轻拂献丝绦。
百花蓓蕾正妆扮，
却见玉兰先秀娇。

2024年3月14日作于北京

初冬黄河口

（平起　通韵）

黄河之水从天降，
万里滔滔入海洋。
织锦碱蓬铺红毯，
飘香荻芦雪花扬。
鹳鹊戏水张怀抱，
旅客乘兴河海航。
蒹葭苍苍霜露染，
伊人乐在水一方。

2021年11月11日作于山东东营黄河口

附录　山清水秀正宜人——石峰风景诗词选

上庐山

（仄起　通韵）

云雾弥漫旋上山，
细雨蒙蒙浑不见。
斯须雾消众峰现，
日照香炉见紫烟。

2019年3月6日作于江西庐山

清风湖掠影

（平起　平水韵）

楼榭玲珑水底藏，
镜湖鸥鹭照颜妆。
忽瞧湖面波纹起，
甩动长竿钓叟忙。

2021年11月24日作于山东东营

学放风筝

（平起　通韵）

天蓝地绿细风吹，
手扯风筝学放飞。
儿子牵绳前面跑，
爸妈叫好后边追。

2018年3月25日作于北京

粉色花带

（平起　通韵）

轻摇曼妙云雾状，
粉色花带似海洋。
丽人自拍泡斯摆，
云中仙女舞霓裳。

2020年10月27日作于山东东营

附录　山清水秀正宜人——石峰风景诗词选

西柏坡

（仄起　通韵）

小小山村动华夏，封封电报射炮烟。
四间茅舍挥战事，三大战役定胜盘。
用兵如神着土布，乾坤扭转笑谈间。
走出大山新国建，神州辉煌谱新篇。

　　　　2023年8月15日作于河北西柏坡

麦收时节

（平起　通韵）

榴花欲燃杏子橙，
雀声成韵枝上鸣。
早起农翁哼小调，
金黄小麦要丰登。

2023年6月6日作于山东东营

濮阳石油城

（平起　通韵）

昔载农家青纱帐，
陌阡交通土尘扬。
濮参一井石油喷，
中原大地书华章。
桐树弯腰遮大道，
新楼林立比高强。
举觞消夏大排档，
歌舞霓灯花草香。

2023年7月27日作于河南濮阳

游利津凤凰城滨河休闲旅游区

（仄起　通韵）

滚滚黄河东流去，
一桥飞架贯东西。
蜿蜒两岸柳杨绿，
凤凰欣然落城池。

注：利津县城别称凤凰城。
2023年5月9日作于山东利津

咏牡丹

（仄起　平水韵）

百卉争娇艳，
纷纷落土尘。
经冬历春后，
方显富贵身。

2023年4月20日作于北京

赞牡丹

（平起　通韵）

京城晚春一夜雨，
众芳摇落天香起。
丽人纷纷过台后，
还是国色最大气！

2018年4月22日作于北京

旅乘高铁

（平起　通韵）

驰奔高铁似飞箭，
稳坐车中窗外旋。
我行白云招手送，
回眸已过万重山。

2019年5月28日作于高铁上

咏海棠花

（仄起　平水韵）

静在闺房巧饰妆，
翠袖嫩出挂枝旁。
春风拂出真颜露，
满树仙子压众芳。

2023年4月2日作于北京

海棠花溪

（仄起　通韵）

海棠花海围溪流，
溪中海棠花招手。
花的海洋人如潮，
佳丽笑掬自拍秀。

2023年4月6日作于北京

小麦

（仄起　通韵）

暮秋霜露细扎根，
严冬雪白披盖身。
春季葱葱妆阔野，
夏时金灿喜农心。

2019年6月4日作于山东东营

写在早春

（仄起　通韵）

乍暖还寒二月天，
北国景色似依然。
寻逐春色东风引，
枝上蕾笑白玉兰。

2023年2月28日作于北京

附录　山清水秀正宜人——石峰风景诗词选

博鳌金湾

（仄起　通韵）

地绿树绿椰子绿，
天蓝海蓝金水湾。
沙浴水浴日光浴，
鸟欢鱼欢稚子欢。

2023年1月21日作于海南

漫步赏广利河夜景

（平起　通韵）

初冬夜晚爽清新，
漫步河干悦赏心。
五彩霓灯瑰丽树，
十里河面妙图真。
彩虹桥下画船过，
台榭水边鱼竿伸。
吾与夫人情不禁，
沂蒙小调同声吟。

2022年11月23日作于山东东营

迎春花赞

（平起　通韵）

西风东风不畏寒，
嫩小黄花笑逐颜。
春风送我先来报，
待到芬芳我畅欢。

2019年3月17日作于北京

观黄河三角洲湿地潮汐树有感

（平起　通韵）

河海交汇拥抱亲，
恋恋情深吻留痕。
吻痕化为潮汐树，
天作巨图大地林。

2022年11月8日作于山东东营

附录　山清水秀正宜人——石峰风景诗词选

观荷园

（仄起　平水韵）

雨后荷园爽气飘，
蛙声欢脆绿荷摇。
熙熙攘攘忙留影，
腼腆莲蓬菡萏娇。

2020年7月6日作于山东东营

秋赏荷园

（仄起　平水韵）

兴来荷园观藕花，
荷叶摇掌藕实多。
借问芙蓉哪里去？
莲子点头笑涟波。

2019年8月20日作于山东东营

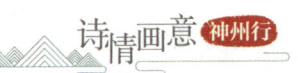

仲夏东营

（平起　平水韵）

黄河尾岸麦收忙，
金麦飘香伴粽香。
荷气清凉蛙唱晚，
杏圆饱麦竞颜黄。

2021年6月6日作于山东东营

红滩湿地

（仄起　通韵）

碧海抖绸绮，红毯湿地铺。
舟楫漂见远，海燕飞相逐。
拾贝悦心底，赶海趣味足。
海面夕霞映，星空挂望舒。

2019年6月5日作于山东东营

附录　山清水秀正宜人——石峰风景诗词选

晚霞如画

（六言）

山秀旷野骏马，
挂天谁之作画。
风勾云染金碧，
气流夕照晚霞。

2022年10月3日作于北京

黄河三角洲

（平起　平水韵）

黄河入东海，
滚滚黑金流。
岁岁生新地，
富饶三角洲。

2018年10月15日作于山东东营

新游天津

（七古）

海河两岸高楼立，滨海日上新生机。
万国建筑五大道，各式桥梁造型异。
意式风情酒吧聚，洋楼雨后更秀绮。
世纪钟摆火车站，河上摩轮天津眼。
西式小楼庆王府，敬仰恩来纪念馆。
南开天大两名校，滨海航母主题园。
滨海摩楼津沽棒，广电天塔旋云端。
古老城市又年轻，开放创新勇向前！

2022年8月21日作于天津

附录 山清水秀正宜人——石峰风景诗词选

成都

（七古）

草堂林幽诗意浓，青城叠翠道家灵。
千年水利都江堰，万代造福妙工程。
先帝武侯同庙官，墙外锦里集市兴。
宽窄巷子古蜀情，太古里街闪霓虹。
熊猫国宝憨态萌，火锅辣味麻将声。
天府广场主挥手，休闲美食锦官城。

2019年11月15日作于成都

赏雪

（平起　通韵）

白雪舞飘扬，
绿竹披素装。
掬雪人爽悦，
家和兆吉祥。

2015年11月23日作于山东东营

咏雪

（平起　通韵）

神秀天工撒玉沙，
银装素裹地无涯。
黎民喜爱雪白雅，
愿得心灵洁未瑕。

2019年2月14日作于山东东营

雪霜后晨见地上冰花纹

（平起　通韵）

挥洒冰霜颜料抹，
随常大地是图作。
天工神笔晨寒描，
美术哪家敢比我。

2021年1月26日作于北京

早春

（仄起　通韵）

柳色遥观轻浅绿，
玉兰花蕾渐新出。
风筝冉冉升天上，
隐隐约约春在呼。

2021年2月3日作于北京

云台山天瀑

（仄起　通韵）

鬼斧削出绝陡壁，
一线瀑布似天梯。
云台天瀑何雄观，
神笔天工自作诗。

2021年4月15日作于河南云台山

仲春雁归

（仄起　平水韵）

九九艳阳天朗朗，
梅红麦绿柳鹅黄。
北归鸿雁飞加速，
要赶京城雪赛场。

注：雪赛场指北京冬奥会。
2022年3月14日作于山东东营

附录　山清水秀正宜人——石峰风景诗词选

壬寅春节

（平起　通韵）

皑皑白雪装华夏，虎虎生威新岁节。
冬奥迎来八面客，希腊圣火九州接。
健儿踊跃舞冰雪，大地欢腾唱赞歌。
盛会佳节同悦聚，丰年瑞雪和平鸽。

2022年1月31日（除夕）作于东营

博鳌玉带滩

（六言）

左边瀚海无边，
右边河流蜿蜒。
一边波涛汹涌，
一边淡淡缠绵。
一条绿色玉带，
河海拥抱其间。
玉带滩上有感，
和谐人与自然。

2022年2月18日作于海南博鳌

明月湖秋色

（仄起　新韵）

碧水芦花游画船，
黄枝红叶竞容颜。
逐飞白鹭疑相问，
秋色东营赛江南？

2021年11月2日作于山东东营

附录　山清水秀正宜人——石峰风景诗词选

荣成

（七古）

祖国陆地最东端，全国综合百强县。
将军之乡才辈出，人杰地灵有仙山。
太阳启升成山头，茫茫沧海天无边。
赤山朝圣佛儒道，明神寺院最灵验。
山海风光石岛秀，北方渔港千余年。
传统村落东楮岛，海草民房六百间。
成山卫镇天鹅湖，万只天鹅舞翩跹。
两弹功勋郭永怀，荣成骄傲英雄篇。
花生樱桃无花果，产品丰富土特产。
海带鲍鱼大螃蟹，葱烧海参美味鲜。
城市秀丽乡村美，道路宽广展无限！

2021年9月11日作于山东荣成市

蓬莱

（七古）

处在山东东北部，渤海黄海濒临岸。
人间仙境久盛名，神话之都东方传。
丹崖之巅蓬莱阁，气势宏伟镇海澜。
海上缥缈三仙山，寻仙访道胜境间。
八仙蓬莱聚酒会，争相过海各能显。
海市蜃楼奇壮观，城市楼厦海上现。
乘舟登上长山岛，九丈崖望月亮湾。
泾渭分明海两色，渤海黄海分界线。
齐王不屈田横山，气高节烈壮士坚。
抗倭英雄戚继光，戚家故里牌坊建。
极地世界海洋馆，海洋生物尽展演。
梦幻世界欧乐堡，动感时尚游乐园。
葡萄美酒蓬莱产，酒庄棋布醇香满。
人在蓬莱不舍去，美酒海鲜醉成仙。

2021年9月15日作于山东烟台蓬莱

观清明上河园

（七古）

置身清明上河园，穿越千年宋汴京。
虹桥俯瞰运河忙，拂云阁望全城景。
斗鸡赛马好热闹，杂货小吃特丰盛。
火树银花不眠夜，亭台水榭如仙境。
包公巡案铁无私，婉雅宋词满街诵。
当年繁荣扬天下，中华复兴更强盛。

2021年4月19日作于河南开封

《航拍中国》观后

（平起　通韵）

鲲鹏展翅凌云际，

俯瞰山川省市区。

逸翥天空拍九域，

世间仙境有神曲。

　　2020年7月23日作于北京

附录　山清水秀正宜人——石峰风景诗词选

文昌
（七古）

椰风海韵航天城，侨乡椰乡文化乡。
椰树遍布红树林，清澜大港海岸长。
木兰灯塔亚第一，石头公园飞海浪。
铜鼓奇峰天下秀，云龙海底奥妙藏。
滨海航天新基地，现代科普发射场。
宋氏古居国母祖，文昌孔庙侧门敞。
海南驰名文昌鸡，抱罗米粉椰子糖。
排球普及全民健，百万华侨遍南洋。
贸港航天逐新梦，紫贝斑斓耀文昌！

注：紫贝为文昌古县名。

2020年12月11日作于海南文昌

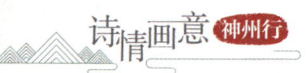

雨后见绿林

（平起　平水韵）

春雨无声地无渴，
霁后高杨叶新多。
时逢谷雨忙耕种，
布谷声声林满坡。

2020年4月16日作于山东东营

附录 山清水秀正宜人——石峰风景诗词选

秋游西湖

（仄起 通韵）

桂子飘黄香满路，
莲蓬颔首小舟逐。
白沙堤上杨犹绿，
孤山平湖秋月出。
苏公堤旁轻咏舞，
雷峰塔下丽新淑。
二零峰会英才聚，
方案中国世界呼。

2016年10月23日作于杭州

南岭村老街长巷

（七古）

记住乡愁心荡漾，老街长巷是故乡。

卤水豆腐酱油醋，水煎包脆丸子香。

棉花纺线梭织布，打铁锄头桌木匠。

悬壶济世行德善，中医世家万寿堂。

花轿娶亲天地拜，孩童跳房捉迷藏。

赶集庙会好热闹，唱戏过年扬琴腔。

城市生活节奏快，来到乡村心舒畅。

2021年11月10日作于山东利津

附录　山清水秀正宜人——石峰风景诗词选

观通州城市副中心

（平起　通韵）

京杭运河北端点，
水碧林绿湛蓝天。
建成城市副中心，
争观都城美花园。

2023年8月20日作于北京通州

忆夏夜

（仄起　通韵）

夏晚儿时望夜空，
奶奶指点道星星。
牛郎织女隔银河，
一觉醒来见启明。

2019年6月21日（夏至）作于北京

咏玉兰（一）

（平起　通韵）

灼灼其华忒热烈，
带雨梨花是悲歌。
巧夺雕琢晶莹透，
冰清玉润帝格格。

2018年4月2日作于北京

咏玉兰（二）

（平起　通韵）

天赐琼杯挂满枝，
紫颜银色争秀奇。
洒满春光使人醉，
春风吹拂惹人迷。

2020年3月22日作于山东东营

附录　山清水秀正宜人——石峰风景诗词选

春日庭园

（五古）

啾啾晨鸟鸣，梦醒见日升。漫步醉清爽，庭园春意浓。
枝满杏花雪，银杏嫩叶青。菜畦新韭绿，篱边花正红。
戴胜鸟双至，喜鹊清脆声。追蝶孙儿乐，割菜忙老翁。
斜阳照庭树，晚霞映灯明。院菜烹食美，家人享温情。

2021年4月1日作于山东东营

天坛

(平起　通韵)

天圆地方大天坛,祭天祈谷帝家园。
祈年殿伟天神敬,圜丘坛上九重天。
皇家祭天半千载,人民作主岁万年。
民安国泰逢盛世,天佑中华葆长安。

2019年10月20日作于北京

附录　山清水秀正宜人——石峰风景诗词选

香山

（平起　通韵）

香山双清泉水流，静宜园景曾兴羞。
进京赶考头一站，筹运中华赤神州。
决战全胜长江渡，大典开国耀城楼。
香山枫叶全红遍，东方雄狮震寰球。

注：1949年3月至9月，中共中央和毛主席从西柏坡迁入北京香山。毛主席风趣地说是"进京赶考"。香山成为赶考第一站。毛主席办公居住在香山的双清别墅（双清别墅以乾隆题字"双清"而命名）。香山的静宜园曾有28处景，清末被列强焚毁。毛主席党中央在香山办公期间筹划指挥了横渡长江、解放全中国、筹备建国等重大事件。

2019年9月17日作于北京

春游景山

（七古）

登上景山万春亭，放眼眺望紫金城。
南海中海连北海，东望国贸楼高耸。
明末崇祯殉古槐，闯王起义功未成。
园中嘹亮众歌声，春意牡丹动都京。
物换星移世迁变，景山依旧盛繁荣。

2019年4月21日作于北京

附录　山清水秀正宜人——石峰风景诗词选

游朝阳公园

（平起　平水韵）

垂柳轻摇湖水平，
李桃含笑杏花迎。
小舟轻划彩桥过，
招手白云天上行。

2019年3月31日作于北京

中国尊大厦

（平起　平水韵）

高楼入摩天，
白云似飞仙。
北京新气象，
图卷绘美篇。

2019年7月14日作于北京

京城春景

（平起　通韵）

京城仲春风景好，户外观光涌人潮。
杏桃芳郁争奇艳，杨柳青青嫩拂摇。
童稚天真追蝶趣，佳人神气倚花娇。
嫣红姹紫赏心目，摄影花间兴致高。

2018年3月26日作于北京

附录　山清水秀正宜人——石峰风景诗词选

京城春节

（平起　通韵）

燕山长城银龙舞，盛装京城庆年新。
长街十里绚丽夜，来客八方悦赏春。
滑雪高台童稚乐，热闹庙会古风存。
家家祈福红灯挂，古都新韵颂鼎尊。

2024年2月10日（甲辰年正月初一）作于北京

庐山春游

（七古）

湖光山色如画中，含鄱口望似仙境。
半入湖中半入云，如琴湖里有琴声。
宝树三棵皆菩提，黄龙寺里诵真经。
仙人不知何处去？游人洞口争留影。
林寺桃花无觅处，只留乐天字花径。
登高壮观天地间，似闻太白赋诗诵。
曾经主人今幽灵，美庐别墅太萧静。
芦林一号更茂盛，主席伟人永辉映。
会址内外故事多，是非留与后评说。
白鹿书院闻书香，传承发展吾国学。
文化名山聚名人，自然遗产存中国。

注：乐天为诗人白居易的字。太白为诗人李白的字。

2019年3月6日作于江西庐山

附录　山清水秀正宜人——石峰风景诗词选

杜甫草堂

（七古）

当年茅屋风雨漏，今日草堂圣园秀。
浣花溪水水西头，林塘竹绿香兰幽。
两个黄鹂鸣翠柳，众人瞻仰诵诗首。
喜雨润物细无声，车水马龙人如流。
盘飧市远无兼味，美食川菜誉全球。
强移栖息一枝安，广厦万间居今有。
语不惊人死不休，杜诗传诵世人口。
野老天堂放歌酒，国泰民安尽神州。

2019年11月11日作于成都

婺源

（仄起　平水韵）

绿水青山马头墙，
梯田错落菜花香。
丹青神卷谁之作？
众誉中华最美乡！

2019年3月4日作于江西婺源

后记
POSTSCRIPT

  从我们上小学时，古人描写祖国大好河山的诗句，激发了我们对山河美景的向往。朗朗上口的诗句增强了我们对美丽山川的美好回忆。

  一种设想总在我的脑海里回荡。祖国的大好河山、自然风光、人文历史等不胜枚举，风光无限。如果用诗词的语言把其描绘出来，该是多好的事啊！用诗词的语句描绘可以高度精练地描写，又可以用朗朗上口的韵律去欣赏，还可以增强对风景名胜的铭记，甚至还能起到对山川美景、人文历史的渲染传播作用。

  本书按照各省市自治区排序，每个省级行政区为一篇，共三十四篇。本书的每一篇还加写了"副标题"。副标题力求用简练的诗句来概括表达该省（市、区）的总体特色。系列诗力求通过简练、诗意的语言描写其自然地理，人文历史的总体特征，对风景名胜、特色建筑、经济文化特色、历史人物、风土人情、文化习俗等作了系统描写。系列诗还少量引用了体现其特色且流传甚广诗词名人的有关名句，以增强情境诗的诗意和可读性。在本书的附录部分，优选了作者欣赏祖国山河美景的部分诗词，对有特色的名胜古迹、景区景观、时节景色等用诗词的形式和语言作了细致且有韵味的描写，从而使赞美伟大祖国壮丽山河、风景名胜的诗篇更加充实。

　　本书取名《诗情画意神州行》，其意义在于，通过简练概括的诗词语言，同时配上具有特色的彩色图片，来展示祖国壮丽河山，风景名胜，人文历史的美好与特色。

　　为增强其诗意发挥和感染力，还特意邀请了著名声音演绎者——鲁易先生，为情景系列诗朗诵配音。读者可以在本书后封面扫二维码获得音频。

　　本书力求为爱好诗词、喜欢旅游的朋友们提供简练上口的旅游观光诗文，也为爱好地理自然、人文历史的广大青少年朋友提供具有诗意的参考读本。

　　本书在编写过程中得到了国家一级作家周洪成先生的热情指导与帮助，谨表谢意！

石峰
2024年6月